¡NO ALIMENTES A LOS GECOS!

CRÓNICAS DE LA PRIMARIA CARVER

— LIBRO TRES —

¡NO ALIMENTES A LOS GECOS!

ESCRITO POR Karen English

ILUSTRADO POR Laura Freeman

Clarion Books
Houghton Mifflin Harcourt · Boston · Nueva York

Para Gavin, Jacob e Isaac

—K.E.

Para Jimmy, Griffin y Milo

—L.F.

Traducido del inglés por Aurora Humarán y Leticia Monge

Clarion Books es un sello editorial de Houghton Mifflin Harcourt Publishing Company.

hmhbooks.com

Para el texto se utilizó Napoleone Slab.

English, Karen.
¡No alimentes a los gecos! / escrito por Karen English; ilustrado por Laura Freeman
Traducido del inglés por Aurora Humarán y Leticia Monge.
páginas cm. — (Crónicas de la Primaria Carver; libro tres)
Resumen: Bernardo viene a vivir con Carlos por un tiempo y se queda con su litera superior, con su lugar en el equipo de fútbol de la escuela e incluso se roba la atención de su Papi. Carlos comprende el tamaño de su desdicha. Hay algo peor aún: Bernardo comienza a molestar a los gecos de Carlos, pero Carlos trata de no prestar atención a las actitudes irritantes de su primo y trata de mantener la paz por el bien de su familia.
[1. Primos—Ficción. 2. Gecos—Ficción. 3. Escuelas—Ficción. 4. Hispanoamericanos—Ficción] I. Freeman-Hines, Laura, ilustradora. II. Título. III. Título: ¡No alimentes a los gecos!
PZ7.E7232Don 2015
[Fic]—dc23
2015013602

ISBN: 978-0-544-57529-5 tapa dura
ISBN: 978-0-544-81083-9 tapa blanda
ISBN: 978-0-358-21486-1 tapa blanda en español

Fabricado en los Estados Unidos de América
DOC 10 9 8 7 6 5 4 3 2 1
4500802044

Índice

Uno

Tenemos compañía

Bernardo, el primo de Carlos, vendrá a casa. Carlos ha regresado de la escuela y se sienta a la mesa de la cocina a comer un pastelillo y a escuchar disimuladamente la conversación telefónica entre su madre y la tía Lupe. Su madre y la tía Lupe siempre hablan por teléfono; conversan sobre todo. Hablan, como mínimo, una o dos veces por día. Su padre ya ni siquiera contesta el teléfono porque sabe que siempre es la tía Lupe.

Carlos escucha que su primo Bernardo vendrá desde Texas a quedarse con ellos porque la mamá de Bernardo, la tía Emilia, está pasando por un momento difícil y necesita comenzar desde cero en otro lugar. Se mudará a su ciudad y enviará a Bernardo antes.

Carlos deja de masticar para escuchar mejor. Ahora parece que su madre y la tía Lupe están chismeando sobre la tía Emilia. Ella siempre tiene algún problema, no toma buenas decisiones, debe manejar mejor su vida y bla, bla, bla. Cosas aburridas de adultos, pero esto hace que se ponga a pensar en su primo y en el hecho de que vendrá mañana.

Su madre por fin termina de hablar por teléfono y se sienta frente a él. Pone su típica cara seria.

—Bueno, escúchame, Carlos. ¿Recuerdas a tu primo Bernardo?

—Un poco.

Bernardo era algo regordete y tenía una mata de cabello oscuro rizado. Carlos había ido con mami y papi a San Antonio, en Texas, cuando tenía casi seis años, y su hermana, Issy (apodo de Isabella), apenas tenía tres. Era el cumpleaños de Bernardo, y Carlos cumplía seis años unos meses después. Carlos recuerda estar sentado en un porche, comiendo un Creamsicle con Bernardo antes de su fiesta de cumpleaños. Ah... y recuerda que corrían en medio de los aspersores. Recuerda que Bernardo lloraba porque quería dos porciones de torta de cumpleaños en el plato. No quería esperar hasta terminar la porción que tenía servida. Estaba sentado allí, llorando con cara de tonto y con la boca llena de torta.

Carlos también recuerda haber visto una foto del papá de Bernardo. Llevaba puesto una especie de uniforme, como un uniforme del ejército.

—Bernardo y la tía Emilia se mudarán aquí. Tu tía quiere que haga el cambio de escuelas y que se instale tan pronto como sea posible. Lo recogeré mañana, así que quería avisarte.

Tal vez sea una buena noticia. Tal vez Bernardo sea genial y sea excelente tener otro niño en la casa, una especie de hermano. Podrán hacer cosas juntos. Mami no le permite a Carlos ir solo al parque, ni a la tienda ni a ningún lugar, en verdad. Pero cuando su primo Bernardo esté aquí, de pronto tendrá un compañero siempre a mano con quien ir a distintos lugares. *Sip,* se dice Carlos. *Bernardo.*

—¿Cómo es? —pregunta Carlos.

—¿Cómo puedo saberlo? —dice mami y parece algo molesta—. Todo lo que sé es que más vale hagas que tu primo se sienta como en casa. Hazlo sentirse bienvenido.

Es importante para mami, Carlos lo sabe. La familia. Estar juntos y ayudarse unos a otros.

Mami empieza a enumerar instrucciones con los dedos, lo que significa que es importante. Todavía tiene la cara seria cuando mira a Carlos, con atención. Su hermanita entra y se para junto a mami. Lleva puesta una tiara porque quiere ser reina cuando crezca. Es irritante. Desde que mami le dijo que lleva su nombre por la reina Isabel de España, usa la tiara siempre que puede. Al parecer, mami había hecho un informe sobre la Reina Isabel en la secundaria.

—¿Puedo comer un pastelillo? —pregunta Issy con su vocecita aguda.

—Ahora no, princesa.

—Reina —dice Issy. Se ajusta la corona. Carlos revolea los ojos.

—Ah... bueno. *Reina* Isabella. Ahora no.

Issy debe presentir que ocurre algo y quiere ser parte. Se sube al regazo de mami, y entonces son dos las que miran a Carlos como si esperaran algo especial de él.

—Bernardo ha tenido un año difícil —le dice mami. No le dice qué significa eso exactamente, pero como ha tenido un año difícil, Carlos debe hacer que Bernardo se sienta muy bienvenido. Por ejemplo, debe permitirle alimentar a sus gecos. Cosas así.

—Y preséntaselo a tus amigos, ayúdalo en la escuela, comparte cosas con él.

Eso suena genial, pero Carlos se ha quedado detenido en la parte de dejar que Bernardo alimente a sus gecos. *No... De ninguna manera.* Al menos, no sin supervisión.

En los últimos meses, Carlos ha descubierto su amor por los animales y por los insectos. Distintas clases de animales, como gecos, lagartos cornudos y serpientes albinas. También se ha dado cuenta de que le encantan los insectos y sus extraños comportamientos. Gracias a ello, Carlos ya no es parte del Club de los Cabeza de Chorlito. Antes se solía olvidar de entregar la tarea, sus trabajos eran descuidados, no siempre estudiaba para las pruebas de ortografía, llevaba juguetes a la escuela para jugar en el escritorio y no hacía la tarea a tiempo. El típico cabeza de chorlito.

En realidad, esas eran las palabras de su maestra, la señora Shelby-Ortiz. La había escuchado en la dirección hablando con el señor Beaumont, maestro del otro tercer grado. Ella le había dicho: “Este año tengo algunos cabeza de chorlito en mi clase. Espero que decidan mejorar”. Ella no sabía que Carlos estaba escuchando.

Carlos había ido a la dirección a ver si podía llamar a su madre para pedirle que le trajera el almuerzo que se había olvidado (el comportamiento típico de un cabeza de chorlito), y estaba parado justo detrás de los dos maestros mientras esperaba su turno para hablar con la señora Marker, encargada de la oficina.

Luego se había ido. No quería que la señora Shelby-Ortiz supiera que había escuchado. Regresó al patio y se sentó en el banco más cercano, pensando que les pediría a algunos niños que compartieran algo de sus almuerzos con él.

Todavía no era hora de formar la fila, así que tenía tiempo para pensar en eso de ser un *cabeza de chorlito*. No quería que lo vieran así. Lo hacía sentirse raro. ¿Y si toda su vida lo conocieran como un cabeza de chorlito?

Además, cuando él había ayudado a papi a arreglar la malla de la puerta posterior aquel sábado, papi le había dicho que, si quería dedicarse a una de las cosas sobre las que hablaba todo el tiempo, ser entomólogo o zoólogo, debía ir a la universidad.

¿Podría llegar a la universidad? ¿Podría ser entomólogo (los que estudian insectos) o zoólogo (los que estudian animales) si era un cabeza de chorlito? Le parecía que no, y eso lo tenía preocupado.

Dos
Mami continúa hablando

Mami continúa hablando, pero cuando Carlos deja de pensar en la vida de cabeza de chorlito, vuelve a pensar en Bernardo. Bernardo jugando con sus gecos, Darla, Peaches y Gizmo... No lo va a permitir. *De ninguna manera*.

Carlos frunce el ceño, pero solo un poco para que su madre no lo note. Los gecos son frágiles. Hay que ocuparse de ellos con mucho cuidado. A Issy, apenas le permite mirarlos. Cuando Richard y Gavin vienen y quieren sacar uno del terrario y sostenerlo, Carlos los supervisa. Vigila de cerca que no asusten al geco ni lo traten de una manera incorrecta. A veces, solo les permite mirarlos.

Por otro lado, está su granja de hormigas. Tiene

esa granja desde hace tres meses. Hay que tener un cuidado especial con la granja de hormigas. Nada de sacudidas. Incluso una pequeña sacudida puede causar el colapso de un túnel. Todo es especialmente sensible en una granja de hormigas. Después de conseguir la granja de hormigas, debes conseguir hormigas. Así lo hizo, aunque algunas estaban muertas cuando llegaron. La información que venía con la granja advertía que no se deben usar hormigas provenientes de un lugar cualquiera. Si no prestabas atención, podías tener hormigas de colonias diferentes. Entonces, se pelearían entre sí. No serían colaboradoras ni harían el trabajo en equipo que hacen las hormigas.

Con mucho cuidado, había colocado la granja sobre una pequeña mesa en el rincón de su cuarto, separada. Solo para asegurarse de que no estaría expuesta a ningún empujón. Cuando venga Bernardo, deberá sentarlo y explicarle todas estas cosas. Piensa en ello. ¿Acaso no respiraba Bernardo con la boca un poco abierta y caminaba con la mirada perdida cuando lo vio la última vez? ¿Podría alguien así entender sus advertencias?

A Issy solo le permite mirar las hormigas si se sienta en la sillita de la mesa donde están las hormigas y mantiene las manos cruzadas. Prohibido tocar, señalar o incluso respirar muy fuerte sobre la granja. Solo puede *mirar.*

Pronto también tendrá su hábitat de mariposas. Papi dijo que podría tener uno si se sacaba cien en las siguientes cinco pruebas de ortografía. Solo faltan dos. Luego podrá ver cómo las mariposas pasan de larvas (u orugas) a crisálidas y luego a mariposas.

—¿Con qué alimentas a esas cosas? —preguntó Richard una vez cuando él y Gavin habían ido a practicar dribles de fútbol y estaban mirando los gecos.

—Con grillos.

—¡Puaj! —dijo Richard—. ¿Dónde se consiguen?

—En la tienda de mascotas.

—¿Los alimentas con la mano o solo arrojas los grillos?

—De cualquiera de las dos maneras, pero debes tener cuidado —había dicho Carlos.

—¿Los grillos están vivos? —había preguntado Gavin.

—Claro, sí.

Hay muchas cosas que la gente ignora sobre los gecos.

○ ○ ○

Ahora, mientras su madre examina la cara de Carlos para comprobar si ha comprendido bien sus palabras, Carlos está pensando: *De ninguna manera. No voy a permitir que ese chico toque mis gecos. Ni mi granja de hormigas.*

Pronto, mami retoma la enumeración con los dedos:

—Quiero que pongas sábanas limpias en la litera de arriba.

—Pero esa es *mi* litera, mami.

Issy sonríe como si estuviera disfrutando. A veces, le gusta ver a Carlos nervioso.

—Creo que Bernardo probablemente preferirá la litera de arriba, así que déjalo que se la quede. —Mami hace una pausa—. Vacía un cajón de la cómoda para que tenga lugar para guardar sus calcetines, su pijama y sus cosas.

Su ropa interior, piensa Carlos. Sabe que su mamá se refiere también a la ropa interior, pero no quiere ponerlo nervioso.

—A ver. ¿De qué me estoy olvidando? —Mami mira hacia arriba.

Con eso es suficiente, desea decir Carlos.

—Ah, sí. Quiero que subas y friegues bien tu baño.

Ay... Qué horror. Lo que su madre le dice que haga, que friegue bien el baño, es algo que ningún niño jamás debería tener que hacer. Significa fregar el lavabo y la tina, trapear el piso y limpiar el *inodoro.* ¡Puaj! ¿A quién conoce que tenga que fregar bien el baño? A nadie. Para eso están las madres. No los niños pequeños. Pero su madre siempre le dice: "Tú ensucias... tú limpias". Papi siempre está de su lado. Él nunca está en desacuerdo con ella. Es como si él también obedeciera a mami. Luego ella empieza a contarle a Carlos todas las tareas que debía hacer cuando era una niña, y Carlos piensa, *Ay, Dios, aquí vamos.*

—¿Tú crees que teníamos lavaplatos? Ni en sueños. ¿Secadoras? Yo debía colgar las prendas en una cuerda con pinzas de la ropa. Ni siquiera sabes qué es una pinza, ¿verdad, pequeñín?

Mami siempre lo llama "pequeñín" cuando le cuenta algo de su propia niñez. A él lo llama "pequeñín"; a su hermana, "señorita Fifí". De todos modos, él sí sabe lo que es una pinza porque a veces la señora Shelby-Ortiz usa pinzas para sujetar los trabajos de los alumnos a una cuerda que va de una punta a otra del aula.

—Y llévalo al patio y déjalo que juegue con tu pelota de fútbol. Enséñale jugadas. Haz que se sienta bueno en algo. Tu tía Lupe dice que algunos niños de su anterior escuela no eran muy buenos con él.

Ese comentario llama la atención de Carlos. ¿Por qué algunos niños no eran buenos con Bernardo? "¿Qué tiene?", casi pregunta, pero algo le dice que eso iniciaría un largo sermón de mami sobre el hostigamiento escolar, sobre defender a la persona acosada y tener cuidado de no culpar a la víctima. Así que decide guardarse la pregunta.

Mami continúa.

—Asegúrate de que tus amigos sean buenos con Bernardo. Y también los otros niños de tu clase.

Carlos se muerde el labio. ¿Cómo se supone que lo logrará?

—¿Viene solo?

—No exactamente. La vecina de tu tía Lupe viene a visitar a unos familiares. Así que traerá a Bernardo.

—¿Cómo vendrán?

—En autobús.

—¿Por qué no vienen en avión?

—Porque no todos son ricos, tontín.

Esa es otra palabra que mami usa para nombrar a Carlos. Así lo llamó durante un tiempo luego de la última reunión de padres y maestros cuando se enteraron de que él se portaba un poco mal: se confundía en las pruebas de ortografía, jugaba con muñecos en el escritorio y hablaba sin levantar la mano para pedir que le dieran la palabra. Todo eso parecía normal hasta que Carlos decidió dar vuelta la página. De hecho, antes lo sorprendía cómo Nikki, Gavin y Erik Castillo se las arreglaban para hacer todo bien. Eran los tres mejores alumnos de la clase de la señora Shelby-Ortiz. Y ni siquiera parecía que les resultara difícil. Sacar cien en las pruebas de ortografía y en ejercicios con las tablas no era nada para ellos. Para los tres, era casi como respirar.

Pero ahora que estaba trabajando bien (o, al menos, mejor) porque prestaba atención, estudiaba para las pruebas de ortografía y no llevaba más juguetes de su casa para jugar a escondidas, se sentía bien si se comparaba con Nikki, Gavin y Erik. Casi veía con pena a alumnos como Calvin Vickers y Ralph Buyer.

—¿Cuánto tiempo se quedará?

—Un tiempo —dice su madre, y Carlos piensa: *Es extraño cómo los adultos pueden contestar preguntas sin contestar realmente. Por ejemplo, ¿cuánto tiempo es "un tiempo"?* Podría significar cualquier cosa: unos meses, unos años.

—¿Estará en mi clase?

—Así es.

—¿Cuánto tiempo es "un tiempo"?

—No te preocupes por eso, mi hijo. Solo preocúpate por las cosas por las que debes preocuparte.

Carlos frunce el ceño. ¿Por qué cosas se supone que deba preocuparse? Ciertamente le preocupa el fútbol;

no es bueno jugando al fútbol. Quiere complacer a papi, pero no puede decir que *ama* el fútbol como lo ama papi. Carlos ama más a los animales y a los insectos (no más que a su madre, a su padre y a Issy con su tiara, pero sí mucho). A veces, Carlos se preocupa porque jamás será elegido encargado de la oficina. Y en este momento, está preocupado por la próxima prueba de ortografía.

Tres

Bernardo

—Vendrá mi primo —les cuenta Carlos a Richard y a Gavin al día siguiente cuando están sentados en la cafetería.

Richard está haciendo burbujas con su caja de leche. Cuando termina de hacerlo, traga aire y deja escapar un fuerte eructo. Sonríe y mira alrededor como si estuviera orgulloso de su hazaña.

—¿Cuándo viene? —pregunta Gavin.

—Hoy. Luego de la escuela.

—¿Vivirá contigo? —pregunta Gavin.

—Durante un tiempo.

—¿Eso cuánto tiempo es?

—No lo sé.

—¿Cómo es? —pregunta Richard.

—No lo veo desde que éramos pequeños. Era un poco grande y...

—¿Y qué? —pregunta Gavin.

—Y... —Carlos repite, pero no lo puede expresar en palabras—. Es difícil de explicar.

○ ○ ○

La estación de autobuses está llena de pasajeros. Mami mira un papel que tiene en la mano y luego observa los números que están sobre las puertas de los autobuses estacionados.

—Treinta y dos... Es ese —dice. Va hacia un autobús que está cerca.

La gente baja los escalones del autobús saltando o lentamente, y luego van a esperar los equipajes, atentos para encontrar sus maletas. Carlos mira a los pasajeros. No ve a Bernardo. Al menos, a nadie parecido al Bernardo que él recuerda.

Mami mira de nuevo el número del autobús.

—Sí. Es este.

Observa también a los pasajeros que van pasando. Mira su reloj. Carlos echa un vistazo a las filas entre los autobuses estacionados. Entonces, siente una mano sobre el hombro. Cuando se da vuelta, ve a Bernardo.

La misma cara, pero en un cuerpo mucho más grande. Todavía regordete y un poco zopenco, pero media cabeza más alto que Carlos. Tiene una gran sonrisa.

—Hola, Carlos —dice. Tiene una pequeña bolsa de palomitas de maíz en la mano que mete en su bolso de lona. Carlos cree que tal vez Bernardo no quiere compartir. Está bien. De todos modos, Carlos no tenía ganas de comer palomitas.

—Hola, Bernardo —dice él. Hacia ellos viene caminando una mujer con gafas de montura metálica y una bufanda morada alrededor del cuello, y muchas bolsas en ambos brazos.

—¿Señora Ruiz? —dice la madre de Carlos.

La mujer regordeta abraza ligeramente a la mamá de Carlos.

—Este debe ser Carlos —dice mientras le sonríe—. Chico, Bernardo me ha estado hablando mucho sobre ti.

—¿De verdad? —dice mami.

Carlos se sorprende. Solo había estado con Bernardo una vez, cuanto tenía cinco años. ¿Qué podrá haber estado diciendo Bernardo sobre él? Llegan al estacionamiento, y la señora Ruiz ve a su hija que ha venido a recogerla. La señora Ruiz saluda con la mano, le entrega a Bernardo su equipaje y se dirige rápidamente hacia un automóvil pequeño. En un momento, se da la vuelta y dice, muy sonriente, "es todo suyo".

¿Qué se supone que quiere decir eso?, se pregunta Carlos. Mira a Bernardo. Parece orgulloso y se ríe para sus adentros.

Mami se agacha y le da un abrazo a Bernardo.

—Dios mío, te has convertido en un muchacho grande —dice mami. Luego hace una mueca esperando que Bernardo no malinterprete sus palabras y que entienda que se refiere a su altura, no al ancho. Se vuelve hacia el lugar en donde cree haber estacionado el auto y va hacia allí. Oprime el mando de la llave para que el sonido le indique dónde está. Mami siempre se olvida dónde estaciona el auto.

Bernardo no deja de sonreírle a Carlos y, sin

advertencia alguna, lo golpea en el brazo con fuerza. Le duele. Carlos frunce el ceño y mira a su madre, pero ella ya está marchando rápido hacia el auto, que está en medio de una fila, lejos. Carlos se frota el brazo dolorido. Mira de nuevo a mami, pero no sirve de nada. Por algún motivo, esa parece una señal de cómo serán las cosas de ahora en adelante.

● ● ●

—Bien. Aquí dormirás tú, Bernardo —dice mami.

Están parados en el medio del cuarto de Carlos mientras mami abre el cajón vacío de la cómoda y le muestra a Bernardo dónde puede poner su ropa. Abre el clóset y empuja la ropa de Carlos hacia un costado de la barra.

—Puedes poner la ropa que necesites colgar en este clóset, y Carlos te deja la litera de arriba.

Carlos mira su santuario. Es su lugar favorito de la casa. Allí juega Hay Day (un videojuego con animales de granja) sin que lo moleste Issy o sin que lo encuentre su madre para decirle que deje eso y tome un libro. La litera de arriba es donde busca en su tablet información sobre animales o insectos raros. Es allí donde se imagina como zoólogo o entomólogo cuando sea grande. Quizás ambos. Desde allí vislumbra su mundo y su sueño.

El mundo de su cuarto, con la granja de hormigas y el acuario de gecos y pronto el hábitat para mariposas... todo eso es un reflejo de Carlos. En cada detalle se puede ver que es el cuarto de Carlos. Allí está todo lo que él necesita para relajarse... y para aprender cosas que le puede explicar a Issy.

—¿La mariposa sale del gusano peludo? —había preguntado ella cuando él trataba de explicarle las fases de la mariposa.

—No, hay otra fase llamada fase de la crisálida.

—¿Qué?

—Ya verás. —No sabía cómo explicar la fase de la crisálida.

Vuelve a pensar en su futura profesión. Quizás hasta logre tener una colmena de osmias en el árbol de maple del patio trasero. Para lograrlo, tendrá que convencer a mami. Tendrá que esperar el momento adecuado.

Antes de volver a bajar, mami gira hacia Carlos y le dice:

—Dale a Bernardo una toalla grande y una pequeña.

Carlos observa a Bernardo, que está parado en medio del cuarto mirando a su alrededor. Va rápido al clóset de las sábanas, toma una toalla grande y una pequeña, y cuando regresa ve a Bernardo curioseando en su terrario.

—¿Qué son? —pregunta Bernardo.

—Son mis gecos —dice Carlos, y su corazón se acelera.

—¿Son de verdad?

—Por supuesto que son de verdad.

—¿Entonces por qué no se mueven?

—Son así. Parece como si estuvieran posando. Es una actitud defensiva. —Se para entre el terrario y Bernardo.

—¿Pero de qué deben defenderse? Son solamente tres.

—Es parte de su comportamiento. Están programados de esa manera.

—¿A qué te refieres con 'programados'?

Carlos trata de encontrar las palabras. Es difícil de explicar.

—¿Y cómo se llaman? —insiste Bernardo.

—Darla es la que está sobre la piedra, Peaches

está detrás de la piedra y Gizmo probablemente está en su cuevita.

—¿Y qué clase de nombres son esos? —Bernardo se vuelve hacia Carlos.

—Bueno, son dos hembras y un macho. Se me ocurrieron esos nombres.

Bernardo suelta una especie de resoplido.

—¿Qué comen?

—Básicamente grillos. Los compramos en la tienda de mascotas.

—¿Y eso es todo? Parece bastante aburrido.

Bernardo comienza a acercarse más al terrario, pero Carlos lo detiene.

—Por ahora, no los molestes. Luego te dejaré sostener uno.

Bernardo mira a Carlos durante un momento como si estuviera decidiendo si hacer lo que Carlos dice. Vuelve a mirar el terrario, y se le dibuja una pequeña sonrisa en el rostro.

Entonces, va a la litera, sube por la escalera y se acomoda en medio de la cama de Carlos.

—Ey, me gusta este lugar.

Carlos esperaba que, como Bernardo es un poco robusto, no iba a querer subir y bajar la escalera, pero no tuvo suerte. Ve que Bernardo todavía está con los zapatos puestos.

—Ey... Tienes los zapatos puestos.

—Sip.

—No puedes sentarte en mi cama con los zapatos puestos.

—¿Por qué?

—Quítatelos antes de subir a mi cama.

—Es *mi* cama ahora.

¿Qué puede responder Carlos? Gracias a mami, *es* su cama.

● ● ●

—Bernardo... —dice papi en la cena—. ¿Crees que te gustará estar aquí?

Bernardo da un bocado al pollo al limón. Mastica y traga.

—Mi mamá lo hace con cilantro

—le dice a mami. Luego se vuelve hacia papi—. Supongo. Ya veremos. Voy a extrañar a mis amigos.

—¿Tenías muchos amigos en Texas? —pregunta mami.

—Sí. Tenía muchos amigos.

Carlos mira a mami para ver si ella le cree, pero el rostro de mami no expresa demasiado.

—¿Qué más extrañarás?

—Extrañaré a mi equipo de fútbol.

—Ah... Fútbol —dice mami.

—Sí, y ellos también me extrañarán a mí. Porque soy el que hace la mayoría de los goles.

—Guau —dice mami—. Qué casualidad. Necesitamos un buen jugador de fútbol para el equipo de Carlos.

¿A qué se refiere mami?, se pregunta Carlos. Solo porque él haya jugado mal un par de partidos no significa que lo deban excluir.

—Bueno... haremos todo lo posible para que te sientas como en casa. ¿Verdad, Carlos? —dice mami y se vuelve hacia él.

—Sip —dice Carlos.

De repente, Bernardo se mueve inquieto en su asiento.

—Debo ir al baño —dice.

—Por supuesto, ve —dice mami.

Cuando Bernardo se retira de la mesa, mami se vuelve hacia Carlos.

—Voy a conversar con el coach Willis para ver si Bernardo puede estar en el equipo. Creo que eso hará que se sienta más a gusto. ¿No te parece una buena idea, Carlos?

Carlos no puede pensar ahora. Está ocupado escuchando los ruidos que vienen de arriba. ¿Bernardo realmente necesitaba ir al baño? ¿O estaría en el cuarto de Carlos, molestando a sus gecos o jugando con su granja de hormigas?

—¿Carlos?

—¿Sí?

—¿Qué te parece tener a Bernardo en tu equipo de fútbol?

—Sí, sí... Está bien.

—¿Qué quieres decir?

Carlos está casi seguro de escuchar pasos sobre su cabeza, en su cuarto.

—Quiero decir sí, está bien, mami—. Bebe un

sorbo de leche—. ¿Puedo ir al baño también?

—Espera que regrese Bernardo.

—Pero puedo usar tu baño.

Mami suspira.

—Está bien —dice ella—. Pero no te quedes a vivir ahí.

Cuatro

¡Los gecos no comen palomitas de maíz!

Carlos sube las escaleras de a dos escalones. Casi se choca con Bernardo al llegar al rellano. Bernardo sonríe y retrocede como si le fuera a dar un puñetazo a Carlos, pero deja caer la mano y se ríe.

Carlos lo vigila hasta que se va por las escaleras, y luego se mete en su cuarto. Examina la granja de las hormigas. Todos los túneles parecen estar bien. Las hormigas están ocupadas haciendo cosas de hormigas. Luego gira hacia el terrario y detecta varias palomitas de maíz dentro, en el piso del terrario. ¡Hay una palomita sobre la cueva de Gizmo!

Su respiración se acelera y aprieta los puños. No lo puede creer. *¡Palomitas de maíz!* Afortunadamente, los gecos han ignorado la comida. Seguramente porque

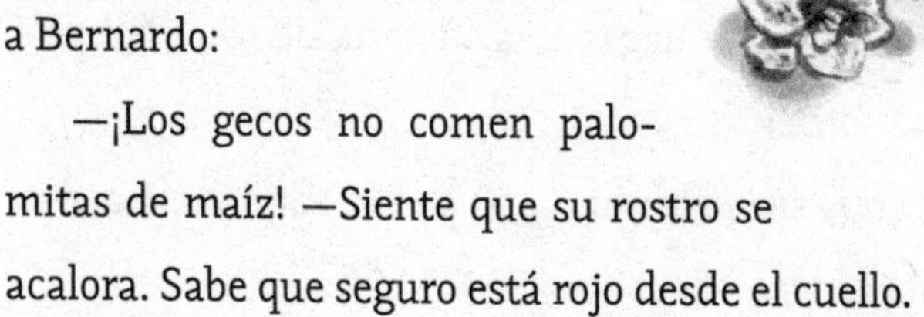

no pueden ir tras ella en el terrario. Tal vez pensaron que las palomitas eran una especie de planta.

Claro que no importa cuál haya sido el motivo. Carlos baja como un torbellino, va al comedor y le dice a Bernardo:

—¡Los gecos no comen palomitas de maíz! —Siente que su rostro se acalora. Sabe que seguro está rojo desde el cuello.

—¿Qué?

Bernardo se vuelve hacia él con los ojos abiertos, con inocencia.

—No digas que no pusiste palomitas de maíz en el terrario de los gecos.

Carlos aguarda. No puede creer que Bernardo trate de mentir.

Bernardo mira a mami. Mami mira a Carlos y a Bernardo, a Bernardo y a Carlos. Bernardo deja caer la cabeza y levanta las cejas, apenado.

—Pensé que les gustaría.

—¿Cómo?

—Sí, me daban un poco de lástima porque lo único que comen son grillos. Grillos, grillos y más grillos. Yo me hartaría si lo único que comiera fueran grillos.

—¡Es que tú no eres un geco! Son criaturas muy especiales. ¡No puedes darles cualquier cosa!

Carlos se vuelve hacia mami con expresión de desamparo.

—Carlos, no hagas una historia de esto. No pasó nada —dice.

Carlos se vuelve hacia su padre. Papi se encoge de hombros.

—Están vivos todavía, ¿verdad?

Carlos respira hondo y deja salir el aire despacio. No puede hablar. Se inclina sobre el plato y continúa comiendo, pero ya no tiene apetito.

● ● ●

Luego, mientras mami está fregando los platos, papi lleva a Bernardo al patio trasero para que Bernardo le muestre lo que sabe de fútbol. Aunque Carlos está arriba en su cuarto estudiando las tablas de multiplicar, puede escuchar a papi y a Bernardo haciendo dribles con la pelota de fútbol hacia adelante y hacia atrás.

—En este drible, recuerda conectar con la pelota usando la parte interna del pie y estar muy atento —le dice papi a Bernardo. Luego Carlos escucha:

—¡Bien! Tienes un talento innato.

Carlos va hacia la ventana abierta y la cierra. En este momento, no quiere escuchar halagos sobre Bernardo.

Luego, después de la tarea y de la ducha, cuando Carlos baja a servirse helado y a mirar básquetbol con papi, escucha que mami le dice a Bernardo:

—Sí, el equipo tiene algunos problemas en este momento, y creo que serás un gran aporte.

Mami, papi y Bernardo están sentados frente al juego de básquetbol, comiendo helado. Carlos no entiende. ¿Alguien se dará cuenta de que está ahí? Incluso Issy, sentada en el suelo con las piernas cruzadas, no levanta la vista de su libro para colorear. ¿Qué le pasa a esta familia?

¿Y a qué se refiere mami con eso de que el equipo ha tenido algunos problemas? Se arroja sobre el sillón

que está frente a la tele. Hace una mueca con la boca para que todos sepan que sigue enojado por las palomitas de maíz. El problema es que nadie parece notarlo.

○ ○ ○

Bernardo no piensa dormir. Ni siquiera se ha molestado en ducharse todavía o en cepillarse los dientes. Está en su cama, jugando con el ruidoso videojuego, las piernas colgando prácticamente en la cara de Carlos. Carlos tiene que dormir. Está exhausto y no quiere estar cansado en la escuela al día siguiente.

—¿Te darás una ducha y te cepillarás los dientes? Yo ya terminé de usar el baño.

—¿Por qué debería?

—¿No te cepillas los dientes antes de acostarte?

—No. Me los cepillo a la mañana. Si tengo tiempo.

—Ah... —dice Carlos. Espera unos minutos y luego dice—: ¿Cuánto tiempo crees que jugarás con ese videojuego?

—¿Asphalt Eight? No lo sé... No tengo sueño, así que...

—Pero estás cansado, ¿verdad?

—En realidad, no.

Carlos cierra los ojos y hace un gran esfuerzo por dormir. Justo cuando piensa que ya no puede soportar más el ruido del juego, Bernardo lo apaga y se acuesta. Silencio. Por fin.

Pero pronto, justo cuando Carlos está quedándose dormido, escucha ronquidos. Bernardo se quedó dormido, pero ronca como un oso.

Ay, no, piensa Carlos. *Esto es una tortura.*

Debe admitir que hasta ahora Bernardo es un fastidio. Y Carlos no se olvida de aquel puñetazo.

Cinco
Primer día

No bien ingresan al patio de la escuela, mami, Issy y Bernardo van hacia un lado, hacia la dirección, y Carlos va hacia el otro, hacia su fila. Se siente aliviado.

—¿Ese es tu primo? —pregunta Gavin mientras Carlos se desliza en la fila detrás de él. Tienen que esperar a que la señora Shelby-Ortiz vaya al patio a buscarlos. Deben estar parados como soldados, sin tocarse unos con otros, con la boca cerrada, mirando hacia adelante. Gavin, Richard y Carlos observan a la mamá de Carlos ingresando con Bernardo al edificio escolar.

—Es un poco... *grande* —dice Gavin.

—Sí —coincide Carlos, mientras se frota el hombro de manera distraída.

—¿Cómo es? —pregunta Richard.

—Difícil de decir.

—¿Estará en *nuestra* clase?

Carlos asiente.

—Ajá.

● ● ●

Lo primero que Carlos nota al ingresar al aula es que hay tema libre para el diario de la mañana. "¡Sí!", se dice en voz baja. Tiene mucho que contar. Cosas que quiere decir. Seguramente es el único de los cuatro alumnos de la Mesa Dos al que le gusta escribir. Antes, escribir era un verdadero fastidio. Una lucha. Pero por algún motivo, cada vez le resulta más fácil. Tan solo escribe lo que diría si estuviera explicando en voz alta algo que le ha sucedido. Solo debe recordar volver a leer lo que escribió para ver si está bien. La señora Shelby-Ortiz les dijo que tienen que leer para sí los trabajos cuando creen que han terminado. Es esa la forma de encontrar errores y ver si lo que está escrito es claro. Ayuda a deshacerse de esas molestas frases mal construidas y confusas.

Carlos saca su lápiz y comienza:

Mi primo Bernardo está aquí. En mi casa. Se

quedará con nosotros un tiempo hasta que venga su madre a buscarlo. Creo que Bernardo ya no tiene padre. Quisiera preguntarle, pero creo que esperaré. Mami dirá q' no es mi problema. Quizás estuvo en el ejercito o algo asi y no regresó. O algo parecido. No sé si me gusta Bernardo. Tiene una personalidad rara. Me parese que es un poco vago. Y no me gusta que me haya dado un puñetazo en el brazo porque si cuando lo vi por primera vez. Yo no le habia hecho nada. Nada. Y él me pegó fuerte en el brazo. Todavía me duele. No dije nada porque no quería meterlo en problemas, pero más vale que no lo haga otra ves tan solo porque es más grande que yo. No se cuanto tiempo se quedará con nosotros. Bueno, eso es todo lo que tengo para contar sobre Bernardo. Ah, y es mas grande que yo, y un poquito mayor que yo. Ah, y les dio palomitas de maíz a mis gecos. Podría haberlos asfixiado. Ahora estoy un poco preocupado por mis gecos. Porque el duerme en mi cuarto y tiene la litera de arriba. Es injusto.

Carlos relee en voz baja lo que ha escrito. Suena bien. Mira a su alrededor. Casi todos están escribiendo. Sabe que debería tomar su libro de lectura silenciosa, pero no ha elegido un buen libro. Es muy aburrido. Le gustaría tomar otro, pero la señora Shelby-Ortiz dice que a algunos libros hay que darles una oportunidad. Debemos continuar leyéndolos. Tal vez sean aburridos al comienzo, pero luego pueden volverse interesantes.

A veces, mami dice: "Ve a tu cuarto a leer y no salgas hasta dentro de treinta minutos". Luego advierte: "Si te encuentro jugando con un videojuego o leyendo acerca de animales, tendré que sentarte en la cocina para que leas frente a mí. Y me llevaré ese videojuego y no lo verás durante un mes".

A veces, Carlos se pregunta si las madres piensan cosas tan solo para que sus hijos sean infelices. Cuando ella le dice eso a Carlos, él va a su habitación y siente que ha sido castigado. Comienza a leer, pero pronto su mente empieza a volar. En total libertad. Pensará en el fútbol (las diferentes maneras de pasar la pelota), luego mirará el videojuego que está sobre su cómoda, aguantándose las ganas de jugar.

Mientras está leyendo, el videojuego se le

aparecerá a cada rato en la mente. O recordará el pase que falló en el último partido de fútbol.

Mami le preguntará desde lejos:

—¿Cómo vas con *El signo de la flecha*?

Él dirá:

—Bien.

Pero no estará nada bien porque mami ha traído el libro de la biblioteca y lo ha leído, así que habrá preguntas. Preguntas con detalles.

A ella le había encantado *El signo de la flecha* cuando era pequeña y le había dicho: "A ti también te encantará". Él le había creído. "En primer lugar, es un libro para varones, está lleno de aventuras", le había dicho. Sip. Se daba cuenta de que habría aventuras por la imagen de la tapa (un niño recorriendo un camino montañoso).

Pero la aventura está tardando en aparecer, y él continúa pasando las páginas buscando la parte entretenida. Se salta unas páginas, luego retrocede al lugar en el que había dejado de leer y trata de recordar qué había sucedido.

Pronto escuchará que su madre lo llama al cuarto con un "Ven aquí, pequeñín. Quiero que me resumas el capítulo tres". Bajará a la cocina, tomándose su tiempo, y se sentará frente a ella mientras ella estará enfrascada en el capítulo tres, esperando que él lo resuma. Allí estará él, esforzándose por recordar qué ocurrió en el capítulo tres.

—Me lo imaginaba —dirá ella por fin—. Regresa a

tu cuarto y lee el capítulo tres *otra vez*. —Y él pensará, *Puf.* ¿Por qué los libros no son como los videojuegos? Rápidos. Emocionantes. No lo dirá en voz alta, pero es lo que piensa.

○ ○ ○

—¿Quién es ese chico? —Carlos escucha que Rosario pregunta. Ella se sienta frente a él en la Mesa Dos. Carlos sigue la mirada de la niña que se dirige hacia Bernardo, la señora Shelby-Ortiz y mami parados juntos cerca de la puerta. Mami sostiene a Issy de la mano. Issy se está portando muy bien. La señora Shelby-Ortiz y mami están conversando, y Bernardo pareciera estar examinando la clase. Va a la mesa del rompecabezas y mira el rompecabezas de especies extinguidas que ya casi está terminado.

La Sala Diez está orgullosa del rompecabezas de mil piezas. Es la primera vez que la clase trabaja en un rompecabezas de mil piezas. La señora Shelby-Ortiz ha prometido que cuando lo terminen, le pondrá un pegamento especial y luego lo colgará en la pared, al lado de la puerta, para que todos los niños de otras clases puedan verlo cuando pasen por allí.

—Alumnos —dice la señora Shelby-Ortiz. Alza una

mano y pone un dedo sobre la boca con la otra mano. Todos hacen lo mismo para demostrar que están atentos, incluso Carlos. Luego bajan las manos. Todos están en silencio para mostrar a la señora Shelby-Ortiz que están prestando atención.

—Tenemos un nuevo alumno. —Ella sonríe para generar entusiasmo—. Vamos a mostrarle a Bernardo que la Escuela Primaria Carver es un lugar genial. ¿Verdad?

Algunos niños asienten lentamente. Algunos dicen "Sí, señora Shelby-Ortiz". Algunos miran a Bernardo con escepticismo. Le cuelga un poco la camiseta, y su cabello se ve un poco desaliñado. Carlos se da cuenta de que, otra vez, está respirando con la boca un poco abierta, y cuando se acuerda de cerrarla, le queda una mueca extraña. Carlos se desliza un poquito en la silla y mira a través de la ventana, pero pronto escucha su nombre.

—Carlos, Bernardo quedará a tu cargo. Enséñale lo

más importante: dónde está el baño, la cafetería, etcétera, etcétera. Puede usar uno de los casilleros vacíos para su lonchera y bolso. —Aplaude y mira a su alrededor—. Las reglas del sacapuntas... Debe conocerlas y también el resto de las reglas de la clase. De hecho, Richard, pásate al escritorio libre frente a Antonia y que Bernardo ocupe el tuyo.

Bernardo está parado esperando. Tiene la mirada un poco distante, como si estuviera aburrido de todo este asunto de las presentaciones.

—¿Ese es tu primo? —le susurra Ralph, el compañero de mesa de Carlos.

Carlos asiente.

—¿De dónde viene?

—De Texas.

—¿Donde viven los cowboys?

—Creo que sí —dice Carlos, y se imagina cowboys y caballos y lazos. Mira a mami retirarse de la escuela con Issy.

—¿Cuánto tiempo estará aquí?

Carlos había hecho marcas con la goma de borrar sobre su escritorio con el borde de su goma rosa. Ahora comienza a limpiarlas. Mira a Ralph.

—Un tiempo —dice.

La señora Shelby-Ortiz comienza a tomar del estante que está cerca de su escritorio los materiales y libros que necesitará Bernardo. Le hace una señal a Carlos para que la ayude. Pone muchos libros en los brazos de Carlos y en los de Bernardo. También pone cuadernos de ejercicios y una caja de lápices y un diario y cuadernos de espiral. Bernardo lleva todas las cosas a su nuevo escritorio, que está ubicado justo al lado del escritorio de Carlos.

La señora Shelby-Ortiz viene con una nueva credencial para Bernardo. Quita el nombre de Richard y coloca el de Bernardo en la esquina superior derecha de su escritorio. Es como si Bernardo hubiera ocupado el lugar de Carlos en la escuela. Es como si estuvieran unidos, como ocurre con algunos siameses. Carlos no puede sacárselo de encima.

La señora Shelby-Ortiz consulta en su cuaderno de planificación.

—Bien... Todavía tenemos tiempo para finalizar con nuestros diarios de la mañana antes de leer. Carlos, ¿puedes explicarle a Bernardo qué hacemos con nuestros diarios de la mañana?

Carlos saca el nuevo diario de la pila de libros —libros que Bernardo no ha hecho ningún esfuerzo por ordenar en su escritorio— y dice:

—Este es nuestro diario de la mañana. Todos los días, luego de guardar nuestras cosas, nos fijamos en la pizarra cuál es el tema y escribimos sobre ese tema. —Carlos le señala la pizarra. Bernardo mira hacia allí. Su cara muestra indiferencia. Parece como si no hubiera dormido lo suficiente la noche anterior. Es raro porque es Carlos el que no pudo dormir lo suficiente. Tuvo que escuchar a Bernardo roncar casi toda la noche.

—Mira. Hoy tenemos tema libre. Es decir que puedes escribir sobre el tema que quieras.

Bernardo de repente se anima.

—¿Sobre qué has escrito tú?

—¿Yo?

—Sip.

En verdad, Carlos no quiere contarle. Hay algunas cosas que no serían muy agradables para Bernardo.

—Eh... Escribí cosas... Ya sabes. Sobre el fin de semana.

—¿Puedo ver?

—Eh... no tenemos mucho tiempo, y a veces la señora Shelby-Ortiz nos pide que entreguemos los trabajos así puede leerlos. Mejor empecemos.

Bernardo abre su nuevo diario de la mañana. Mira el de Carlos. Carlos lo ha decorado con insectos y animales. Bernardo está sentado allí, mirando.

Luego toma su lápiz y observa la mina. Con el dedo, se fija si está bien afilada. Abre su diario en la primera página.

—Escribe la fecha de hoy en la esquina superior derecha. Eso es lo que la señora Shelby-Ortiz nos dice que hagamos.

Bernardo levanta la vista hacia la pizarra para ver la fecha, luego la escribe en la esquina superior derecha de la página. Debe mirar varias veces para verificar la ortografía. Carlos puede escuchar cómo respira con la boca abierta. Carlos saca el libro que está "leyendo por placer" y lo abre en el lugar en donde lo había dejado.

Unos minutos después, la señora Shelby-Ortiz dice:

—Bueno, alumnos, dejen de escribir. Rosario, recoge los diarios, por favor. —Carlos mira el diario abierto de Bernardo. Solo hay unas líneas escritas con letra de imprenta grande y desordenada. No lo sorprende.

Seis

Todos los mejores pateadores

En el recreo se siente mejor porque la Sala Diez tiene la zona para jugar kickball y la zona para la cuerda de saltar, y Carlos no tiene que cuidar a Bernardo. Solo debe indicarle dónde está el baño de varones cuando Bernardo necesita que le muestre el camino.

Carlos quiere estar en el equipo de Ralph. Si Ralph jugara fútbol, sería uno de los mejores pateadores del equipo de fútbol del Parque Miller. Calvin Vickers es capitán del otro equipo; por algún motivo, Carlos sabe que Calvin lo elegirá a él.

Mientras los jugadores de la Sala Diez están agrupados, esperando que Calvin elija su primer jugador, Carlos murmura en voz baja, "No me elijas... No me elijas".

—Carlos —dice Calvin Vickers.

Carlos suspira y se para detrás de él.

Ralph dice:

—Emilio.

Otro buen pateador, piensa Carlos.

Calvin dice:

—Gavin.

—Ufa —dice Carlos en voz baja y mira mientras Gavin va caminando hasta colocarse detrás de él. Gavin podrá ser bueno en la patineta, pero en kickball no es muy bueno.

Richard se une al equipo de Ralph, y eso le da al equipo de Ralph la ventaja de tres buenos jugadores. Calvin divisa a Bernardo que viene cruzando el patio, de regreso del baño de varones.

—Bien, el nuevo estará en nuestro equipo —dice Calvin.

Carlos observa a Bernardo cruzando torpemente el patio hasta el diamante de béisbol que usan para jugar kickball. *Ay, no,* piensa. *Esta no es una buena señal.*

Bernardo camina lentamente hasta Carlos.

—¿En qué andan, chicos?

—Eligiendo jugadores para kickball —dice Carlos—. Estás en mi equipo.

—Genial —dice Bernardo. Se ve confiado.

Ralph y Calvin continúan eligiendo jugadores hasta que cada equipo tiene seis jugadores.

—¡Play ball! —grita Bernardo y todos se dan vuelta hacia él.

—Me gusta decir eso —explica, y luego sonríe mirando hacia el piso.

● ● ●

Los equipos lanzan una moneda para ver quién patea primero. Gana el equipo de Ralph. *Sigue la mala suerte,* piensa Carlos. Ralph se elige a sí mismo para patear primero. Nadie se sorprende. Quiere que el juego comience con su equipo arriba en el marcador.

—Ey, ¡déjame lanzar! —Carlos le grita a Calvin, quien evalúa a su equipo con la mirada—. Siempre llego a la base. —Calvin lo examina un segundo, luego le lanza la pelota a Gerald—. Tú lanzas, Gerald.

Carlos baja los hombros, acongojado. Sabe que Calvin todavía está molesto porque no le permitió copiarse la semana pasada en la prueba de ortografía. Carlos se encoge de hombros y encuentra un lugar cerca de la primera base. Bernardo camina tranquilamente hacia la tercera. Los demás miembros del equipo se dispersan por la cancha.

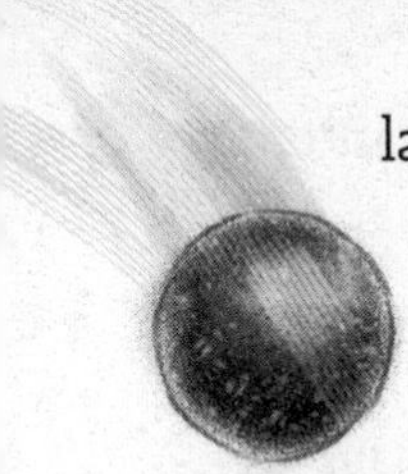

Gerald hace un lanzamiento lento y fácil, y Ralph patea una pelota alta justo entre la segunda y la tercera. Aterriza justo en los brazos extendidos de Bernardo.

—¡Out! —grita.

Ralph mira a Bernardo un momento y luego se escabulle hacia el banco. Parece un poco sorprendido.

Antes de sentarse, Ralph cambia de lugar con Emilio para poder patear de nuevo. Por algún motivo, a Emilio no parece importarle. Los demás jugadores también lo dejan pasar. Demasiadas peleas pueden acortar el tiempo de juego. La siguiente pelota que Gerald lanza es un poquito floja y va un pie a la izquierda de la home. Carlos hubiera lanzado mejor.

—¡Bola! —grita Ralph, usando un término de béisbol.

Gerald lanza otra vez. La pelota rueda lejos del

objetivo una vez más, y Ralph ni siquiera intenta patearla.

—¡Bola dos! —grita.

Carlos se da una palmada en la frente. *¡Qué desastre!*

—¡Ey, Gerald! ¿Qué tal si logras que llegue a la base?

Gerald retrocede y bota la pelota una vez, con fuerza.

—¿Piensas que tú puedes hacerlo mejor?

—¡Sí!

Gerald lo ignora y lanza una pelota rápida y descontrolada. No va ni siquiera cerca de la home.

Carlos suspira fuerte.

—¡Bola tres! —grita Ralph—. ¡Una más y es base por bolas!

—Déjame lanzar, Calvin!

Calvin mira a Carlos de arriba abajo.

—Bien—se vuelve hacia Gerald—. ¡Tú en la primera!

Gerald bota la pelota bajo y fuerte hacia Carlos y se dirige rápido a la primera base. Carlos la toma como si no le dolieran las puntas de los dedos, luego se coloca en el lugar del lanzador y lanza la pelota fuerte y sin rebotes. Toma a Ralph por sorpresa. Ralph está listo para decir "bola cuatro", pero no llega a hacerlo. La pelota está cruzando la base y apenas le da el tiempo para ponerse en posición.

Su pie se resbala con la pelota y casi se cae al patearla. No va a ningún lado, pero Ralph corre hasta la primera base de todos modos. Erik Castillo, detrás de la home, toma la pelota y la lanza hacia Bernardo, justo en el momento en que Ralph dobla por primera y se dirige a la segunda base. Bernardo está justo en el lugar en que debe estar. Toma la pelota, corre a la segunda y pisa la base antes de que Ralph pueda alcanzarla.

—¡Son dos outs! —grita Bernardo. Bota la pelota una vez, fuerte, para reforzar sus palabras. Carlos está impactado, pero en realidad no se sorprende. Si bien Bernardo es algo grandote, eso no significa que no pueda ser atlético. Bernardo es grandote y, *además*, es un buen jugador de kickball.

Eso le cuenta Carlos a papi en el auto luego de la

escuela. Por lo general, mami lo recoge, pero tiene una cita con el dentista y, por alguna razón, papi tiene un día libre en el trabajo.

Carlos continúa.

—Si no hubiera sido por Bernardo, habríamos perdido. Porque Bernardo no solo es bueno en la cancha, también es un buen pateador.

—¿En serio? —dice papi. Mira a Bernardo por el espejo retrovisor. Bernardo está ocupado mirando por la ventana, como si tuviera otras cosas en la cabeza.

Carlos está un poco desilusionado. Había pensado que alabar a Bernardo frente a papi serviría para que Bernardo fuera más agradable con él luego, en la casa, pero Bernardo ni siquiera parece darse cuenta.

—Guau —dice papi, aparentemente impresionado.

—Soy bueno en todos los deportes —dice Bernardo de pronto. Carlos se molesta un poco.

—No puedes ser bueno en *todos* los deportes —dice papi.

—Bueno, en los importantes.

Carlos mira la parte posterior de la cabeza de papi, y se pregunta cuál será la expresión de su rostro en

este momento. Carlos está seguro de que papi tendrá una respuesta.

—Cada deporte es importante para la persona que lo practica —dice papi.

—Bueno, me refiero a los deportes más importantes, como el béisbol, el fútbol americano, el básquetbol... y el fútbol. Probablemente juegue en el equipo de Carlos. Creo que me van a necesitar.

Carlos piensa que quizás Bernardo se está adelantando a los hechos.

—Mami no ha hablado con el coach Willis todavía —dice Carlos.

Bernardo tan solo se encoge de hombros.

—Ya verás.

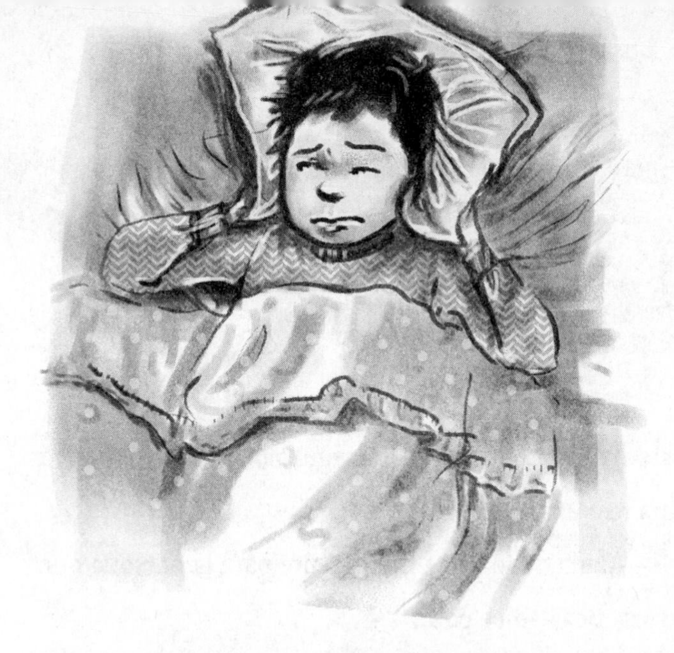

El ronquido continúa, justo sobre la cabeza de Carlos. Se incorpora. Se frota los ojos. ¿Cómo podrá vivir con este ruido? Ahora parece una especie de rugido con una agitación al final. También se escuchan algunos chasquidos. Carlos aguarda. Sabe que no se detendrá. ¿Cómo puede dormir Bernardo con su propio ronquido?

Luego de quince minutos de mirar la parte inferior de la litera de Bernardo, quince minutos esperando que se detenga, Carlos mete la mano debajo de su cama y saca su palo de hockey. Golpea la parte inferior de la litera con fuerza.

Son necesarios un par de golpes para que Bernardo se incorpore.

—¿Qué, qué? ¿Qué pasa?

—¡Estás roncando!

—¿Qué?

—¡Estás roncando y me despiertas!

Bernardo asoma la cabeza por el borde de la litera.

—No. No es verdad. No ronco.

—Sí, ¡roncas!

—No entiendo por qué eso no te dejaría dormir.

—¡Porque roncas *fuerte!*

—Entonces, cierra los oídos.

Carlos salta de la cama y va furioso al baño, sin importar si despierta al resto de la familia. Toma un trozo de papel higiénico, lo divide en dos partes y con cada parte hace una bola que se coloca en las orejas. Vuelve a la cama y se acuesta un momento. Escucha. Silencio... Eso parece al comienzo, pero luego los ronquidos atraviesan el papel. Llegan amortiguados, pero ahí están. Mira la parte inferior de la litera de arriba. Bernardo está durmiendo de nuevo. ¿Cómo puede ser? ¿Cuánto tiempo deberá aguantarlo Carlos?

Siete

Cuidado y alimentación de los gecos

Carlos se despierta con la sacudida de Bernardo, que le dice:

—¡Déjame alimentar a los gecos!

Es de mañana. Carlos se cubre los ojos.

—Espera que me despierte.

Bosteza.

—¡Vamos, vamos!

Carlos se levanta y sale despacio de la cama. Va hasta el terrario y se para allí un momento, todavía despertándose. Bernardo se agacha para mirar a través del vidrio.

—Déjame sostener uno.

—Primero debo explicarte las reglas.

—Bien, explícame las reglas, entonces.

—Primero, debo contarte sobre los gecos.

Bernardo parece estar repentinamente aburrido. Es como si lo único que quisiera hacer fuera meter la mano en el terrario.

—En primer lugar —dice Carlos—, no se juega con los gecos más de treinta minutos por día, y eso quiere decir básicamente sostenerlos.

Bernardo dice:

—Sí, sí... bueno.

Carlos lo examina unos segundos.

—Vamos a alimentarlos por turnos. Siempre los alimento por la mañana, así que puedes observarme.

—Ya, muéstrame cómo se hace —dice Bernardo.

—Te voy a explicar sobre los gecos y las hormigas. Será mejor que escuches—va a ser difícil evitar que Bernardo traumatice a sus gecos o que haga colapsar los túneles de la granja de hormigas—. Voy a comenzar con la granja de hormigas porque es lo más... Bueno, puede haber complicaciones.

—¿Como cuáles? —pregunta Bernardo.

—Bueno, ¿ves todos esos túneles que han hecho?

Bernardo casi se babea mientras mira a través del vidrio.

—Les cuesta muchísimo trabajo hacerlos. Por eso es que hasta Issy tiene cuidado cuando está cerca de la mesa de la granja de hormigas. Si se sacude esta mesa, los túneles podrían colapsar. Y quedarían enterradas.

—¿Y cuánto tiempo viven?

—¿Por qué?

—Solo quiero saber cuánto tiempo vive una hormiga.

Carlos mira a Bernardo con desconfianza. La pregunta le molesta.

—Bueno, ese es el tema. No viven mucho tiempo. —Señala una zona pequeña de la granja cerca de la superficie—. ¿Ves esto?

Bernardo se agacha más, pero se tambalea un poco. Carlos lo toma del cuello de la camisa.

—¡Ey!

—¡Te he dicho que debes tener cuidado cerca de la granja!

—¡Tengo cuidado!

Bernardo se pone derecho.

—Iba a decir que esa pequeña sección es como su cementerio. Se llama muladar. Ahí llevan a las hormigas muertas.

—¿Un cementerio de hormigas? —Bernardo abre los ojos. Vuelve la mirada hacia los gecos—. ¿Los gecos tienen un cementerio?

—No. Ellos viven más tiempo. Presta atención.

Bernardo mira a Carlos directo a los ojos para mostrar que está prestando atención, pero la expresión que cruza su rostro inquieta a Carlos.

Carlos le explica que las hormigas de la granja son hormigas cosechadoras occidentales. Comen cualquier cosa, pero unas migas de galletas y unas gotas de agua vertidas en la arena son suficientes para ellas. Además, lo que no coman debe ser retirado de la granja porque, si no se retira, humedecerá todo el resto. Bernardo comienza a aburrirse. Carlos sabe que Bernardo solo está esperando a que termine.

—¿Yo también puedo alimentarlas?

—Ya llegaremos a esa parte. Si considero que puedes ser cuidadoso, te dejaré que las alimentes en un minuto. Ahora, estas son las reglas de los gecos, escucha con atención.

—Reglas de los gecos.

—Esto es lo que debes saber.

Bernardo espera.

Carlos solo piensa: *¿Puedo confiar en este chico?*

—¿Cuáles son las reglas?

—Bien, primero son gecos leopardo...

—Por eso tienen manchas.

—Correcto. Y dos son hembras —le recuerda a Bernardo.

—¿Niñas gecas?

—Sí —dice Carlos—. Porque los machos se pelearían entre sí. Por eso no puedes tener dos machos.

Bernardo abre mucho los ojos.

—¿Por qué se pelean?

—Porque ambos quieren ser el jefe. Lo mismo ocurre con los perros.

—¿Cómo sabes tanto?

—Quiero ser zoólogo y trabajar con animales. O entomólogo, para estudiar insectos y aprender cosas, y quizás trabajar en un laboratorio o algo así. He estado investigando.

Carlos abre el cajón inferior de su cómoda y saca una toalla que cubre un recipiente plástico con grillos vivos. El recipiente tiene perforaciones para que los grillos puedan respirar. Sus chirridos suavizados se escuchan más fuertes.

—No debes darles demasiada comida a los gecos —dice—. Los grillos son el mejor alimento en cuanto a vitaminas. Los compramos en la tienda de mascotas. Y también hay que alimentar a los grillos. O se comen su propia caca.

Bernardo abre los ojos.

—¿Cómo? —Mira los grillos del recipiente.

—Sí, así reaccioné también yo cuando lo escuché la primera vez. Alimento a los grillos con pedacitos de zanahoria, de naranja o cosas así. Pero no debes darles muchos grillos a los gecos porque no los comerán y luego quedarán grillos que los gecos no han comido. Los escucharás cantando toda la noche.

Carlos ve que Bernardo esboza una sonrisa.

—¿De qué te ríes?

—De nada.

Carlos continúa.

—Y... escucha bien: no dejes que se escapen los grillos. Me sucedió una vez y estuvimos escuchando mucho tiempo el chirrido, pero no lo podíamos encontrar y créeme, es mejor que no ocurra algo así.

—Bien —dice Bernardo—. ¿Puedo alimentar a los gecos ahora?

Carlos no está del todo decidido, pero acepta y le entrega el recipiente a Bernardo.

—Mantén la tapa puesta y escucha. —Le indica a Bernardo que abra el recipiente dentro del terrario y que coloque con cuidado, *con cuidado,* unos pocos grillos adentro. A menos que quiera usar la mano.

Bernardo asiente con rapidez y toma el recipiente. Carlos se lo quita.

—¿Recuerdas lo que dije, correcto?

—Sí, sí —dice Bernardo.

Carlos le entrega el recipiente plástico, en un movimiento lento.

Bernardo sigue las instrucciones de Carlos. Mete la mano en el terrario y deja caer tres grillos. Darla los ve primero. Gizmo está en la cueva y Peaches está en el extremo más alejado del terrario. Darla se queda inmóvil y mira al grillo. El grillo también parece quedarse inmóvil.

—Observa —dice Carlos—. Ella es muy buena en esto.

A Bernardo se le cae la mandíbula.

Con rapidez, la geco saca la lengua y atrapa al grillo.

—*Guau* —exclama Bernardo. Se vuelve hacia Carlos, con los ojos enormes.

—¿Viste? —dice Carlos—. Pero a veces los gecos deben ir tras el grillo, entonces hacen un poco de ejercicio.

Le dice a Bernardo que puede darles de comer a

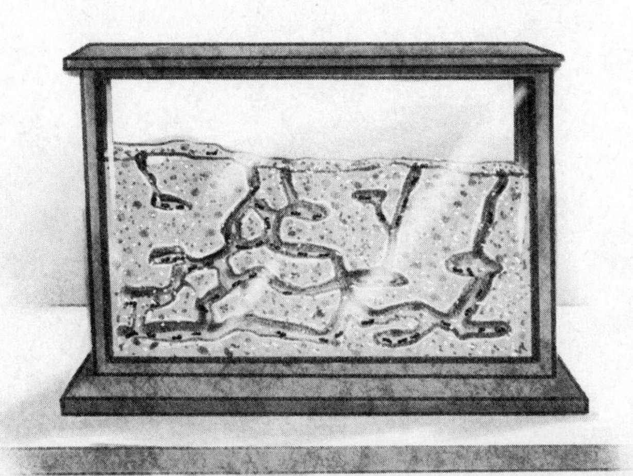

las hormigas. ¿Por qué no permitirle hacer ambas cosas? Las hormigas son mucho más fáciles. Carlos le muestra a Bernardo cómo retirar con cuidado la tapa plástica de la granja para esparcir algunas pocas migas de galleta y luego, con un gotero, colocar unas gotas de agua en la arena.

Suspira aliviado cuando todo sale bien. Observan un rato cómo las hormigas se mueven a través de sus túneles, y luego Bernardo se frota las manos como alguien que ha finalizado una gran tarea y dice:

—Tengo hambre. ¿Qué hay para desayunar?

Se da vuelta y baja las escaleras corriendo. Carlos mira por última vez a sus criaturas y lo sigue.

Ocho

Práctica de fútbol

Después de la escuela, hay práctica de fútbol —dice mami, al entregarles las loncheras a Carlos y a Bernardo—. Deben estar en la entrada de la escuela a tiempo. La última vez llegamos tarde, y el coach Willis no parecía muy contento. —Les señala la puerta de entrada—. Y tampoco lleguen tarde a clase.

Pero Bernardo tiene problemas para concentrarse. Cuando pasan por el Depósito de Rick B, decide molestar al temible perro guardián riendo a carcajadas y sacudiendo la cerca de malla hasta que el sabueso lleno de babase abalanza, con ladridos y gruñidos.

—Ja, ja —se ríe Bernardo—. ¡Ese perro no puede hacer *nothing!* —Bernardo le ladra al perro.

—Bernardo, basta.

—¿Por qué? No me puede alcanzar a través de la cerca.

—Porque no es justo para el perro.

—No me importa ser justo con el perro.

Pasan por Neumáticos y Frenos Global, y Bernardo se cuela en la sala de espera de los clientes para tomar unas bolas de chicle de la máquina expendedora.

Carlos lo llama y le dice que llegarán tarde, pero termina diciéndoselo a la espalda de Bernardo.

Carlos decide continuar solo el camino hacia la escuela. Si Bernardo se pierde, mala suerte. Está harto de Bernardo. No hace la cama, deja el pijama tirado en el piso del baño. Además, Carlos sospecha que no se baña por las noches. *Además,* deja pasta dentífrica mezclada con saliva en el lavabo y no la limpia. ¿Cómo puede una persona lavarse los dientes en un lugar así?

La noche anterior, Carlos le había presentado sus quejas a mami cuando Bernardo estaba lejos y no podía escuchar.

—Extraña a su madre —le había explicado mami.

—No se comporta como si la extrañara. Cuando ella llama por teléfono, termina rápido la charla para volver a su videojuego.

—Sé paciente con él. Es tu primo. Y la familia es importante.

—Lo sé. ¿Cómo podría olvidarlo?

● ● ●

Bernardo alcanza a Carlos y llegan al patio de la escuela justo cuando suena el timbre para formar la fila. Bernardo se pone en la fila detrás de Carlos, y mastica su goma haciendo mucho ruido. Carlos jura no decir nada. Si Bernardo se mete en problemas, lo lamenta por él. En ninguna escuela permiten gomas de mascar, así que no podrá hacerse el tonto, pero luego Carlos lo piensa mejor.

—Más vale que te deshagas de esa goma —le susurra a Bernardo. Ve que la señora Shelby-Ortiz avanza hacia su fila.

—¿Qué? —dice Bernardo en voz alta.

Deja se da vuelta y lo fulmina con la mirada.

—¡Shhh! —chista—. ¡Silencio!

Bernardo se encoge de hombros.

—¿Quién es esa niña?

Carlos ignora la pregunta. Bernardo sigue mascando, pero haciendo menos ruido.

La señora Shelby-Ortiz se acerca, inspecciona la fila y les indica que se dirijan a la clase.

● ● ●

Bernardo de repente debe hacer una visita al baño justo después de la escuela. Carlos va hacia la entrada principal, donde mami seguramente estará sentada en el auto, dando golpecitos impacientes sobre el volante. No está permitido estacionarse justo frente a la escuela. Hay un policía que a veces da vueltas alrededor del edificio en su patrulla a la hora de la salida solo para indicarle a la gente que avance. Bueno, Bernardo sabe dónde están las escaleras del frente. Es preferible que Carlos salga y que mami se enoje con uno solo y no con ambos.

Carlos se alegra al ver que no hay peligro a la vista. El policía no está. Mami posiblemente se ha demorado. Bernardo aparece caminando tranquilo justo en el momento en el que mami se está estacionando frente a la escuela. ¿Es que nunca se apura este chico?

Carlos se trepa al asiento trasero junto a Issy. Ella está con el cinturón puesto en el asiento para bebés porque no tiene aún el peso necesario para usar solo el cinturón de seguridad. Bernardo ocupa el asiento delantero. Carlos suspira, nervioso. Después de lo que ocurrió la semana pasada, no tiene ganas de entrenar. Todo le había salido mal. El coach Willis los había hecho trabajar en parejas y practicar pases de pelota de a dos. Había demasiadas cosas que recordar: usar la base del tobillo, asegurarse de que el tobillo se mantuviera firme en el remate... Una y otra vez, él se confundía y fastidiaba a su compañero, Barton Holmby, un niño de otra escuela. Muchísimas veces tuvo que correr detrás de la pelota mientras Barton esperaba con las manos en las caderas y el ceño fruncido.

Más tarde, él se había quejado con el coach Willis.

—¿Puedo cambiar de compañero? —había dicho frente a todos—. No estoy practicando lo suficiente.

Carlos sabe que Barton es un niño quejoso. Siempre protesta y les echa la culpa a los demás cuando comete un error. Siempre logra que su madre se queje por una u otra cosa, mientras él espera y observa. De todas formas, fue vergonzoso.

—Haz lo mejor que puedas —le había respondido el coach Willis.

○○○

Hoy en la práctica, trabajan en parejas, y ejercitan otra vez dribles y pases. Carlos observa a Bernardo y a su compañero. Están trabajando muy bien. Sabe que el coach Willislos está mirando. El entrenador seguro estará encantado de poner a Bernardo el Grandote en el equipo.

—¿Qué hay de nuevo? —dice Carlos en voz baja. Es su frase favorita.

Luego, corren con los conos, y el coach Willis debe repetir una y otra vez a Carlos y a los otros jugadores: "¡Manténganse agachados! No se pongan

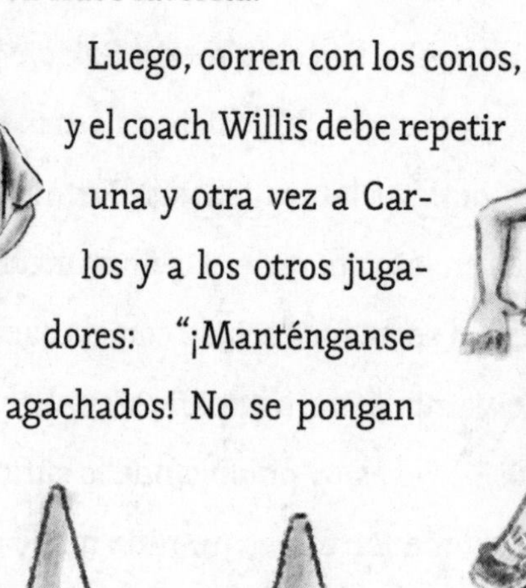

derechos". Luego de un rato, el entrenador observa a Bernardo y dice con una gran sonrisa:

—¡Bernardo! Ven aquí.

Bernardo tiene una expresión extraña. Probablemente se pregunta si se ha metido en problemas. ¿Habrá hecho algo malo?

Carlos observa, intentando que no sea muy obvio. Luego de que el coach Willis y Bernardo terminan de hablar, el entrenador llama a los niños, incluido Carlos.

Cuando se han reunido unos seis niños, el coach Willis anuncia:

—Bernardo trabajará con ustedes. Tiene buena técnica, así que hagan lo que él diga.

Carlos no quiere trabajar con Bernardo. No quiere hacer lo que Bernardo le diga. Pero se queda en silencio mientras mira como Bernardo hace una demostración de un drible usando la parte interior y exterior del pie.

La práctica es más sencilla cuando el coach Willis no se

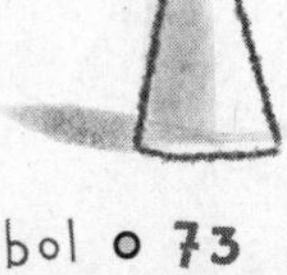

detiene en sus técnicas una y otra vez, señalando las debilidades de un jugador frente a todos. Carlos casi siente alivio cuando el entrenador hace sonar por fin su silbato y les pide que se reúnan con él. Dice:

—Bueno, armen dos grupos, y ahora haremos un pequeño juego de práctica.

Así hacen siempre: primero los movimientos y luego un juego de práctica. Entonces Carlos puede correr por todas partes imitando a los otros jugadores, como si realmente estuviera haciendo algo. Esperando mejorar su juego.

A veces hasta se pregunta para qué juega al fútbol. Luego recuerda que es por papi. Quiere complacer a papi. A papi le encanta el fútbol. Probablemente continúa albergando las esperanzas de que Carlos alguna vez se despierte y sea un buen jugador.

● ● ●

Cuando mami los recoge, Bernardo le cuenta en detalle todo lo que observó en los jugadores y que el coach Willis le había pedido a él que lo ayudara con algunos niños que tenían algunos problemas con la práctica.

Se vuelve hacia Carlos.

—Debes esforzarte más. Parece que solo quieres que termine la práctica.

Luego, se pone a contar más sobre sí mismo. Carlos tiene que soportar esto durante todo el camino de regreso a casa. Incluso continúa durante la cena. Lo peor es que papi está ahí y parece interesado en lo que Bernardo cuenta.

—¿Así que el coach Willis te pidió que ayudaras a algunos de tus compañeros de equipo?

—Sí. —Bernardo observa a Carlos.

—¡Guau! No me extraña. —Papi se vuelve hacia Carlos—. ¿Y cómo te ha ido a ti, Carlos?

—Bernardo también ayudó a Carlos —dice Issy.

—¿Ah, sí? —pregunta papi.

—Sí —admite Carlos. ¿Qué otra cosa podría decir?

—¿Con qué tuvo que ayudarte, exactamente?

Antes de que Carlos pueda contestar la pregunta de papi, Bernardo dice:

—A Carlos le cuesta mucho hacer dribles y devolver la pelota.

—Hmm... —dice papi—. Entonces, Carlos, probablemente debas concentrarte en eso.

—Sí, supongo —dice Carlos.

●●●

Se siente aliviado cuando termina la cena y puede escaparse a su cuarto para ver a sus criaturas. Papi y Bernardo seguramente encontrarán algo de deporte para mirar en la tele. Así, Bernardo podrá mostrarle a papi lo mucho que sabe de deportes.

Nueve

¿Dónde está la oreja del mamut lanudo?

A la mañana siguiente en la escuela, el tema para el diario es "Mi momento favorito del día". Carlos se queda mirándolo un rato. Observa a Bernardo. Está dibujando una especie de muñeco de *El retorno del hombre lagarto* en la cubierta de su cuaderno. Supone que Bernardo en algún momento comenzará a escribir. A veces, la señora Shelby-Ortiz le pide a un voluntario que lea lo que ha escrito. Espera que esta vez lo haga. A veces, hace que el "voluntario" lea, aunque no quiera hacerlo. Bernardo está tentando a la suerte al pensar que puede holgazanear así.

Carlos abre su cuaderno y va hasta la primera página en blanco. Escribe la fecha en la esquina superior derecha. Ve el tema escrito en la pizarra, y lo escribe en el primer renglón. "Mi momento favorito del día". Este es un tema fácil para él. Ya sabe cuál es su momento favorito del día. Es cuando vuelve a su cuarto después de la escuela, antes de que mami comience a decirle que haga sus tareas o algún trabajo, y mira alrededor y piensa: *todo esto es mío.* Cuando tenga su hábitat para mariposas, tendrá el cuarto más interesante del mundo.

Le gusta ver qué han estado haciendo los gecos o imaginar lo que han estado haciendo en el mundo de los gecos... cosas de gecos que solo pasan entre gecos. Le gusta tomar un bocadillo, llevarlo a escondidas a su cuarto, si es posible, y sentarse en el medio de su cama mientras contempla su reino.

—Señora Shelby-Ortiz —dice Calvin. Está regresando de sacar punta a un lápiz y se detiene junto a la mesa donde está el rompecabezas de la clase. La señora Shelby-Ortiz levanta la mirada de unos papeles que está corrigiendo en su escritorio.

—¿Qué ocurre, Calvin?

—Ya casi terminamos el rompecabezas *Especies Extinguidas.*

—Lo sé, pero, Calvin, ¿era necesario molestar a la clase de esa manera?

Calvin regresa a su lugar, soplando la punta del lápiz.

Carlos ha completado media página del cuaderno y todavía tiene mucho para escribir sobre su cuarto, pero pronto la señora Shelby-Ortiz le dice a la clase que dejen los lápices. Entonces, ella pronuncia las palabras que él está esperando oír.

—¿Algún voluntario quiere compartir lo que ha escrito en su diario?

Carlos levanta la mano con rapidez. Tiene muchas ganas de compartir lo que ha escrito. Por desgracia, la señora Shelby-Ortiz está mirando hacia otro lado, hacia Sheila Sharpe, quien también alza la mano. Sheila Sharpe es muy tímida y casi nunca habla. La señora Shelby-Ortiz la elige a ella en lugar de Carlos. Probablemente esté intentando alentar a Sheila a ser más extrovertida.

Carlos piensa que Bernardo debería alegrarse de que la señora Shelby-Ortiz no le haya pedido a él que fuera el "voluntario". Hasta ahora, lo único que ha escrito en su cuaderno es la fecha y una sola oración.

Sheila se pone de pie junto a su escritorio y comienza a leer en voz alta:

—Mi momento favorito del día es cuando regreso a casa después de la escuela. Mi mamá me suele esperar con un rico bocadillo, y cuando lo termino, mi mamá me deja descansar antes de hacer la tarea. Me gusta ir a mi cuarto. Allí tengo todos mis peluches. Me gusta jugar con ellos un rato y acomodarlos sobre mi cama y mirarlos. Mi cuarto es rosa y gris. Tengo una cama con un dosel rosa y cortinas de color rosa y gris...

Carlos deja de prestar atención. Es muy aburrido. Si él hubiera podido leer lo que escribió, les habría interesado a todos. Había escrito cosas muy interesantes sobre sus gecos y su granja de hormigas.

¿Peluches? ¿Para qué sirve un peluche? Para nada. Se queda en el mismo lugar en que lo has dejado. Se queda ahí con cara de tonto y no hace nada. Suspira. Calvin Vickers bosteza de manera ruidosa, y la señora Shelby-Ortiz lo mira fijo. Ya ha sermoneado a todos sobre saber escuchar y les ha enseñado que bostezar de manera ruidosa cuando otra persona está compar-

tiendo algo está totalmente fuera de lugar.

Carlos espera que la señora Shelby-Ortiz llame a otro alumno luego de que Sheila Sharpe haya terminado. Mira el reloj. Todavía tienen que hacer lectura en parejas.

—Y ese es mi momento favorito del día —dice Sheila por fin.

¡Sí!, piensa Carlos, y alza con rapidez la mano. La sacude para llamar la atención de la maestra. Mira a su alrededor. ¿Cómo? ¿Gavin está alzando la mano? Ahora la señora Shelby-Ortiz mira a uno y a otro. *¡Yo, yo!*, piensa, y espera que la señora Shelby-Ortiz note la súplica en sus ojos.

Pero ella mira el reloj que está sobre la pizarra blanca.

—Parece que tenemos que pasar a otro tema. Alumnos, prepárense con sus compañeros para la lectura. Ah, Carlos, recuerda que estás con Bernardo.

Perfecto. Y ni siquiera tiene

la posibilidad de ponerse de pie y cambiar de lugar. Todo lo que debe hacer es abrir el libro en donde lo dejaron y esperar a que Bernardo hurgue en su escritorio para encontrar su propio libro.

Bernardo lo encuentra, por fin, y mira a Carlos.

—¿Qué página? —pregunta.

Carlos le responde y agrega:

—Yo empiezo.

Carlos lee el primer párrafo de una historia que se llama "Mono y camaleón". Es realmente interesante y le da a Carlos una idea acerca de los camaleones. Se pregunta si es posible tener un camaleón de mascota. Eso sería increíble. Piensa en su cuarto. Tiene lugar para una jaula. ¿Sería feliz un camaleón en una jaula? Deberá investigar sobre el tema.

Termina el primer párrafo y espera a que Bernardo continúe desde ahí. Hay un momento de silencio en donde Carlos observa la manera en que Bernardo mira el párrafo. Lee la primera oración muy despacio y se detiene en la palabra *almohadillas*. Carlos le dice cómo se lee.

—Conozco la palabra *almohadillas*. Estaba por decirla.

Carlos espera a que Bernardo continúe luego de la palabra *almohadillas.* Bernardo comienza la siguiente oración muy despacio. Se detiene en la palabra *esforzarse,* y en cuanto Carlos le dice cómo leerla, él la dice al mismo tiempo que Carlos.

—Ya conocía esa palabra —dice Bernardo.

Y así es leer junto con Bernardo: Carlos prácticamente lee el párrafo de Bernardo por él, y Bernardo le dice una y otra vez que estaba a punto de decir la palabra sin ayuda. Carlos siente un gran alivio cuando la señora Shelby-Ortiz dice que es hora de terminar y de prepararse para el recreo. Hoy jugarán al básquetbol.

La mesa de Carlos y Bernardo es la última en salir. Gavin y Richard están en la puerta, esperando a Carlos. La señora Shelby-Ortiz llama por fin a la Mesa Dos, y cuando todos ya están fuera del aula, ella se dirige a la sala de maestros. Justo cuando Carlos y Bernardo llegan a la puerta que da al patio, Bernardo dice:

—Esperen. Olvidé mi bocadillo.

—Compartiré el mío contigo —dice Carlos. En realidad, quiere comerse todas las galletas integrales, pero podría compartir.

—No, no... Quiero mi propio bocadillo. Ya regreso.

A los alumnos de la Sala Diez les corresponde hoy la cancha de básquetbol, y es el turno de Bernardo y de Rosario de ser capitanes del equipo. Carlos sabe que terminarán jugando niños contra niñas.

—¿Y dónde está Bernardo? —pregunta Gavin cuando ve que Bernardo todavía no ha aparecido en la cancha.

Carlos mira el edificio de la escuela.

—No lo sé. Regresó a buscar su bocadillo. Ya viene.

—¿Qué hará con un bocadillo? No se puede comer bocadillos en la cancha mientras se juega al básquetbol —dice Gavin.

—Conociendo a Bernardo... encontrará la manera.

—Se va a meter en problemas. Mejor elijamos otro capitán.

Carlos mira hacia la puerta otra vez justo cuando Bernardo está saliendo.

—Aquí viene.

● ● ●

De alguna manera, Bernardo logra comer todo un paquete de galletas con queso y jugar al básquetbol al mismo tiempo. En el momento en que suena el timbre del fin de recreo, mete el papel de plástico en un

bolsillo de sus pantalones. Sin dudas no mentía al decir que es bueno en todos los deportes porque se destaca entre todos los demás jugadores en la cancha. Juega tan bien que algunos niños solo se quedan parados cuando él driblea la pelota. Emilio intenta robársela en un momento, y Bernardo lo quita del medio con un codazo.

—¡Eso no es justo! —grita Emilio—. ¡No puedes hacer eso! Es una falta. ¡Me toca un tiro libre!

Bernardo tan solo continúa como si ni siquiera oyera. Lanza su tiro. La pelota rebota en el tablero y atraviesa el cesto. Emilio se va de la cancha enfurecido.

Carlos nota algo: Bernardo suele salirse con la suya. Más tarde, en la mesa de almuerzo, cuando Carlos y Bernardo abren sus loncheras, que mami prepara por la noche y deja en el refrigerador, Bernardo toma un pastelillo tostado. Carlos tiene las habituales tres galletas de postre. Bernardo también tiene tres galletas.

—Ey —dice Carlos—. ¿De dónde sacaste eso?

—¿Qué?

—Ese pastelillo. Mi mamá nunca pone esos en el almuerzo. Son para después de la escuela, como bocadillo.

—Lo tomé del armario, lo tosté y lo puse en mi lonchera anoche.

Carlos recuerda que Bernardo se había levantado de la cama para tomar agua. No sabía que Bernardo había ido a hurgar en busca de comida extra.

—Debes pedir permiso —dice Carlos. No puedes tomar lo que quieras y ponerlo en tu lonchera.

Casi sin llegar a encogerse de hombros, Bernardo le da un gran bocado a su pastelillo.

Topadora. Esa es la palabra que le viene a la mente a Carlos. Bernardo es como una topadora. Pasa por encima de personas y reglas. Hace lo que quiere. Y lo malo es que va a estar en la vida de Carlos *por un tiempo.*

● ● ●

Carlos se apura a hacer su tarea de matemática para poder ir a la mesa del rompecabezas. Mira a su alrededor. Casi todos están trabajando con esmero. Hasta Bernardo está inclinado sobre su trabajo. Antes de que Carlos pueda terminar el último problema, un problema en el cual tiene que mostrar su trabajo, dos manos se alzan. La de Nikki primero y la de Erik después. La señora Shelby-Ortiz le da la palabra a Nikki.

—Señora Shelby-Ortiz, terminé con la tarea de matemática. ¿Puedo...?

—*Por favor...* —la corrige la señora Shelby-Ortiz.

—Por favor, ¿puedo ir a la mesa del rompecabezas? La mano de Erik se agita de un lado a otro.

—¿También has terminado, Erik?

—¡Sí!

—Bueno, pueden ir los dos.

Sus sillas hacen un chirrido cuando las deslizan al mismo tiempo por el piso de linóleo para ir rapidísimo a la mesa del rompecabezas que está en el rincón del aula, junto a la biblioteca de la clase. Carlos termina el último problema, suspira, toma su libro y observa la página en donde lo había dejado. Durante el "tiempo libre" solo dos alumnos pueden ir a la mesa del rompecabezas. De otra forma, habría mucho ruido. Luego de un rato, alza la vista y ve a Nikki y a Erik, que buscan entusiasmados las últimas piezas.

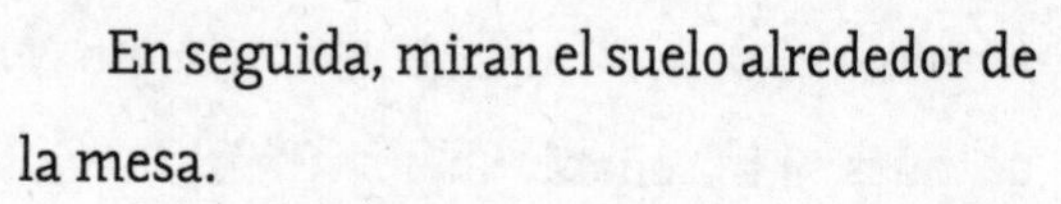

—Esta va aquí —dice Nikki con un susurro—. Y esta va aquí.

En seguida, miran el suelo alrededor de la mesa.

—Señora Shelby-Ortiz, faltan piezas —dice Erik.

Todos alzan la mirada. Algunos fruncen el ceño.

—¿Buscaron alrededor de la mesa y en el piso?

—Sí, buscamos, señora Shelby-Ortiz —dice Nikki—. No están.

Rosario exclama, alarmada:

—¡Ay, no! ¿Y si no podemos encontrarlas y no podemos terminar el rompecabezas y entonces la señora Shelby-Ortiz no puede ponerle el pegamento especial y no podemos colgarlo para que todos lo vean?

Ha conseguido llamar la atención de toda la clase. Algunos alumnos han bajado sus libros de lectura silenciosa. Otros han dejado de hacer sus problemas de matemática para ver qué pasa.

Antonia alza la mano y espera a que la maestra le dé la palabra. Cuando la señora Shelby-Ortiz asiente con la cabeza, dice:

—Señora Shelby-Ortiz, si no encontramos nunca las piezas, podemos calcar las siluetas en cartón y pintarlas y ponerlas en su lugar. Así podemos terminarlo.

Un coro dice: "¡Sí, sí, podemos hacer eso!".

En ese momento, Carlos nota algo. Bernardo,

quien había estado haciendo una especie de garabato en su hoja de práctica, alza la mirada hacia Antonia, mientras hace equilibrio con su lápiz. Frunce un poco el ceño. Todos los demás parecen contentos con la solución, pero en su rostro no hay expresión alguna. En ese momento, Carlos se da cuenta de que Bernardo ha robado las piezas, cuando se suponía que había vuelto a buscar su bocadillo. Su madre le ha explicado que cuando las personas se sienten mal, a veces se portan mal. Seguramente Bernardo quiere que toda la clase se sienta mal... como él. Bernardo ha tomado las piezas, y Carlos va a probarlo. No es justo que Bernardo intente hacer que la clase se sienta mal.

● ● ●

Carlos observa con disimulo a Bernardo cuando regresan a la casa mientras le cuenta a mami que marcó la mayoría de los puntos en el juego de básquetbol en el recreo de la mañana y en el recreo del almuerzo. Que su equipo *aplastó* al otro equipo. Que ahora todos lo quieren en su equipo... porque él es muy bueno en todos los deportes.

Mami tiene la mente en otro lado. Carlos se da cuenta porque ella contesta diciendo *ajá, ajá... ¿Ah, sí?*

Oh, guau... de la manera en que lo hace cuando solo está fingiendo escuchar. Mientras Bernardo cotorrea, Carlos arma su plan. Las piezas las debe tener Bernardo o deben estar en su bolso. Puede buscar en el bolso cuando Bernardo lo deje al pie de la escalera y vaya a la cocina a buscar un bocadillo.

Pero ¿y si las piezas están en los bolsillos de sus pantalones? *Hmm...*, piensa Carlos. No podrá revisar sus pantalones hasta que Bernardo vaya al baño a tomar su falsa ducha.

● ● ●

—Lávense las manos antes de comer —dice mami mientras corre al teléfono que suena en la sala de estar. Es probable que sea la tía Lupe. Carlos y Bernardo se lavan las manos con detergente en el fregadero de la cocina. Bernardo se sirve un vaso de leche, y Carlos baja sus galletas con chips de chocolate del armario.

—Ya vengo —dice—. Debo hacer algo.

Bernardo casi no le presta atención. Está ocupado abriendo el paquete de galletas.

● ● ●

Carlos sube rápido las escaleras con las dos mochilas. De esa manera, Bernardo pensará que la mamá de

Carlos le había dicho que despejara la escalera antes de que alguien se tropezara.

Entra con rapidez a su cuarto, cierra la puerta y se apoya contra ella. Revisa el bolsillo exterior de la mochila de Bernardo. Hurga entre restos de punta de lápiz y marcadores y pedazos de papel y una goma pegajosa de menta sin envoltorio. No hay rastros de las piezas del rompecabezas. Carlos retira la mano y se la limpia en los jeans, aunque inútilmente. Puaj.

Abre el compartimento principal y comienza a buscar entre la carpeta de tres anillos y papeles sueltos y algo que parece ser uno de sus propios muñecos de colección, cuando oye las pisadas de Bernardo en la escalera. Reconocería ese andar torpe en donde fuera.

Con la espalda todavía apoyada contra la puerta, Carlos prácticamente mete la cabeza dentro de la mochila y la sacude. Los pasos suenan más cerca. Entonces las ve: las tres brillantes piezas de la oreja del mamut lanudo. Las guarda en su bolsillo, justo cuando Bernardo intenta abrir la puerta.

—Ey, déjame entrar —dice.

Carlos cierra el compartimento principal y arroja la mochila en la litera inferior junto a la suya. Se aleja de la puerta y se agacha para ponerse a gatas.

Bernardo entra al cuarto y mira a Carlos, confundido.

—¿Qué haces?

—Se me cayó un marcador y se deslizó debajo de la cómoda.

Parece razonable, ya que la cómoda está justo al lado de la puerta. Buscar detrás de la cómoda bloquearía la puerta.

Bernardo observa su mochila en la litera inferior. Mira a Carlos.

—Ah.

Diez
Alerta de tormenta

¿Por qué cuando le temes a algo ocurre mucho más rápido? Así se siente Carlos con respecto al fútbol estos días. Le teme al juego del sábado, y ya es viernes. Bernardo está en el baño cantando a viva voz una canción que Carlos no reconoce.

Recuerda las piezas de rompecabezas que había sacado de la mochila de Bernardo. Las había escondido en su caja de lápices cuando Bernardo no estaba mirando. Podría mostrárselas a mami y meter a su primo en problemas. Sí... Tanto mami como papi piensan que Bernardo es muy genial, con toda su destreza atlética. ¿Qué dirían si supieran que tomó las últimas tres piezas de un rompecabezas de mil piezas? El que la clase estaba a punto de terminar, dicho sea de paso.

¿Qué dirían si supieran que la señora Shelby-Ortiz no podrá ponerle el pegamento especial al rompecabezas como lo había planeado? Y ¿no les gustaría saber que eso casi haría perder a la Sala Diez la posibilidad de colgar el rompecabezas de mil piezas junto a la puerta del aula para que todos en la escuela pudieran verlo al pasar?

Sí, es verdad, Antonia tuvo la idea de que ellos mismos hicieran las piezas en cartón, pero... ¿y si Antonia *no hubiera* tenido esa idea? Tantos meses de trabajo duro habrían sido para nada.

Por algún motivo, sabe que no va a decírselo a sus padres. No sabe bien por qué. Simplemente, no parece ser lo correcto. ¿Le contará a la señora Shelby-Ortiz? No lo sabe. Tal vez no. Sería como patear a Bernardo cuando está caído en el suelo.

● ● ●

Al entrar al aula, se da cuenta de que tampoco le contará a la señora Shelby-Ortiz. Ni siquiera va a contarles a Richard y a Gavin. Porque entonces *él* será el que se sienta avergonzado por tener un primo tan tonto. ¿Qué pensarían ellos si supieran que el primo de Carlos no solo es un ladrón, sino que además es el tipo de persona que intenta arruinarle las cosas al resto de la clase?

Carlos no dice nada. Tan solo pasa la mañana haciendo las tareas, leyendo con Bernardo y preguntándose qué hará con las piezas del rompecabezas. ¿Dónde puede ponerlas para que las *encuentren?*

La biblioteca de la clase. Puede deslizarlas entre los almohadones del suelo. ¿Pero cómo podrían haber llegado allí? Tal vez puedan estar en el suelo debajo de la biblioteca. Sí, hay un espacio entre el último estante y el suelo. Las piezas podrían haber caído al piso y haber sido empujadas con el pie debajo del estante. Es creíble.

Mira a su alrededor. Todos están haciendo sus tareas en silencio. Saca su caja de lápices, la abre y toma las piezas del rompecabezas. Las desliza en su bolsillo, levanta la otra mano y espera a que le den la palabra. Sacude la mano. Eso llama la atención de Rosario. Ella lo mira. Por fin, la señora Shelby-Ortiz alza la mirada y ve su mano.

—Sí, Carlos.

—¿Puedo...? Quiero decir, por favor ¿puedo sacarle punta a mi lápiz?

La señora Shelby-Ortiz asiente.

Ella les permite sacar punta al lápiz tres veces al día. Si se te rompe la punta otra vez, debes hacer tu tarea con un lápiz grueso de kínder, porque eso quiere decir que todavía no estás listo para usar un lápiz común. A nadie le gusta pasarse toda la tarde escribiendo con un lápiz de kínder. Es vergonzoso.

Carlos retira con los dedos las piezas del rompecabezas que están en su bolsillo. Mira a su alrededor, hace girar su lápiz y sopla la punta. Todos están ocupados. Deja caer las piezas del rompecabezas y las empuja con el pie debajo de la biblioteca. Vuelve a su lugar. Se pregunta quién las encontrará. En un momento, mientras está haciendo la tarea de matemática, mira a Bernardo, que está haciendo garabatos en su hoja de ejercicios. Parece que solo ha terminado con los problemas de la primera fila. Ya debería estar terminando. No usa el tiempo de manera inteligente. Eso es lo que la señora Shelby-Ortiz siempre dice cuando descubre a alguien que está haciendo cualquier cosa *excepto* terminar la tarea.

La señora Shelby-Ortiz está ocupada colocando trabajos de los alumnos en la cartelera *¡Buen trabajo!* Habían tenido que escribir una carta a un compañero sobre un lugar, interesante o aburrido, en el que hubieran estado. Tenían que incluir datos descriptivos en cada oración.

Habían sacado los nombres de una caja sin mirar. A Carlos le había tocado Ralph, y a Rosario le había tocado su nombre. Él escribió sobre Zoolandia. Había tantas cosas interesantes para contar que casi no podía parar. No sabía que las jirafas podían usar sus cuellos como arma cuando pelean ni que el animal más cercano al hipopótamo es la ballena. Rosario escribió sobre la visita a su tía abuela que se encuentra en una residencia de ancianos. Lo único que le había gustado habían sido las donas gratis en la recepción.

Antonia levanta la mano.

—¿Sí, Antonia? —dice la señora Shelby-Ortiz.

—Por favor, ¿puedo tomar un nuevo libro? He terminado con este.

La mayoría de los alumnos eligen la mesa de rompecabezas cuando terminan su trabajo antes y tienen tiempo libre. Antonia suele elegir la lectura por placer.

—Sí, adelante —dice la señora Shelby-Ortiz.

Carlos no puede dejar de observar a Antonia a cada

rato mientras ella busca un libro nuevo. Cuando ella se agacha para buscar en el último estante, él retiene la respiración. Carlos no logra verla por la biblioteca. Ella queda fuera de su visión un tiempo que parece durar minutos mientras está agachada detrás del estante. Él mira el siguiente problema. Es un problema de multiplicación con un multiplicador de tres números. Comienza a hacerlo. Pero entonces, oye lo que estaba esperando oír.

—Señora Shelby-Ortiz... ¡Mire lo que encontré!

Todos se vuelven hacia Antonia, que se dirige a la maestra con la mano extendida.

—¡Ah, fantástico! —exclama la señora Shelby-Ortiz—. Alumnos, ¡Antonia ha encontrado las piezas que faltaban!

Bernardo levanta de golpe la cabeza de su tarea de matemática. Abre la boca ligeramente, y mira a su alrededor, como buscando una explicación.

—¿Puedo ponerlas en el rompecabezas? —pregunta Antonia.

Nikki alza la mano y la agita. La señora Shelby-Ortiz le da la palabra.

—Pero éramos nosotros, Erik y yo, los que estábamos a punto de terminar el rompecabezas ayer. ¡Estábamos por hacerlo!

Por supuesto, la sabia maestra piensa en la solución perfecta. Ya que son tres piezas, le da una a Erik, una a Nikki y una a Antonia.

—Antonia, puedes poner tu pieza en el rompecabezas ahora. Erik y Nikki, cuando terminen la tarea de matemática, pueden colocar las suyas.

Unos minutos después, Nikki es quien pone la pieza final en el rompecabezas de mil piezas. Carlos sospecha que ella se demoró a propósito para poder ser quien lo terminara. Sería típico de ella hacer algo así. Ella se frota las manos y mira alrededor mientras todos festejan. La señora Shelby-Ortiz alza la mano para que bajen la voz, y Carlos observa a Bernardo. Tiene los labios fruncidos. No parece feliz. Nada feliz.

● ● ●

Hay nubes oscuras en el cielo cuando terminan las clases. Parecen estar cargadas de lluvia. Puede ser que se avecine una tormenta. Una gran tormenta. Cuando él y Bernardo caminan hacia el auto de mami, Carlos levanta la mirada y su corazón se acelera por la emoción. Una gran tormenta con muchos truenos y rayos. Una tormenta que dure toda la noche hasta la mañana, y tal vez un poquito hasta mañana a la tarde podría significar... ¡la cancelación del juego de fútbol! Sonríe

al ocupar el asiento trasero del auto, junto a Issy, que tiene puesta su tiara.

—¿De qué te ríes? —pregunta Issy.

—Eh... de nada.

Una tormenta con muchos rayos y truenos sin duda haría que se cancelara el juego. Todo el mundo sabe que el peor lugar en el que se puede estar durante una tormenta es en medio de un campo abierto. Observa las nubes bajas por la ventana delantera del auto. Se ven muy prometedoras.

Claro que también está la posibilidad de que no le toque jugar demasiado. Con Bernardo en el equipo, tendrán más de once jugadores. Alguien deberá esperar en el banco al menos una parte del juego y deberán rotar para que todos los alumnos tengan la oportunidad de jugar. Carlos sospecha que el coach Willis hará eso: asegurarse de que todos tengan su oportunidad.

Carlos mira a Bernardo. Se pregunta qué estará pensando. Debe saber que Carlos ha buscado en su mochila y ha encontrado las piezas del rompecabezas. Se pregunta si Bernardo dirá algo al respecto. Se pregunta si Bernardo el Grandote, el que a veces pega sin motivo, se enojará.

⦾ ⦾ ⦾

Si Bernardo está enojado, no se nota. Durante la cena, él y papi hablan sobre fútbol. Luego hablan sobre básquetbol y discuten si tal famoso jugador será vendido a tal equipo. Issy se queja por tener que comer todas sus empanadas ya que no son las de fruta, y mami habla sobre los bocadillos para el juego de fútbol del día siguiente.

Carlos mira por la ventana. Las nubes están en donde estaban. No hacen nada. Solo están ahí, oscuras y tenebrosas, pero no hacen *nada.*

—Mami —pregunta.

—¿Qué ocurre, mi hijo?

—¿Crees que lloverá?

Ella mira por la ventana.

—Hmm... Tal vez.

—Y si llueve, se cancelará el juego. ¿Verdad?

—Supongo. —Ella le sonríe—. No te preocupes. No hay olor a lluvia. Seguramente pasará de largo.

⦾ ⦾ ⦾

Mami debe de tener razón. Lo primero que hace Carlos a la mañana siguiente en cuanto se levanta es correr a la ventana. No llueve. Hay un poco de viento y todavía está nublado, pero nada de lluvia, *nothing*. Escucha los ruidos que hace su madre en la cocina al preparar el desayuno. Solo oye el correr del agua. Es mami. Sabe que su padre todavía está durmiendo porque mami siempre se levanta antes que papi. Luego ella debe sacudirlo una y otra vez. Va a lavarse los dientes y cuando vuelve, lo sacude otra vez. Él mira la litera de arriba. Bernardo también sigue durmiendo de espalda y con la boca abierta.

Carlos se coloca la ropa de fútbol, baja en puntillas de pie las escaleras y sale por la puerta de la cocina. Se para en el medio del patio trasero y mira el cielo. Las mismas nubes inservibles. Respira hondo. ¿Huele a lluvia? No lo sabe. Huele a aire común, a nada especial.

Entra a la casa y va a la cocina. Lo que necesita es un pastelillo para sentirse mejor. Él sabe que no debe comer pastelillos en el desayuno, pero lo hará solamente esta vez para tener fuerzas, o consuelo... o ambas cosas.

Abre el armario donde están guardados y toma la caja. No pesa casi nada. Mira adentro. *¡Vacía!* No lo puede creer. El tonto de Bernardo se comió el último pastelillo y dejó la caja vacía. ¿Quién hace algo así?

¿Quién se come lo último que queda y vuelve a poner la caja en el estante? ¿Cómo podría saber mami que tiene que comprar más si la caja está ahí en el armario?

● ● ●

Más tarde, debe hacer un gran esfuerzo para no mirar a Bernardo mientras come avena. Bernardo y papi están armando la estrategia para el próximo partido.

—Recuerda —le dice papi—. Está bien retroceder un poco si eso te permite tener una mejor posición para convertir un gol. Tómate tu tiempo. Busca espacios.

Bernardo tan solo asiente mientras esparce mucha mermelada de uva sobre su tostada. Es un milagro que deje algo para los demás. Mami no deja de repetir las cosas que va a colocar en la nevera para llevar al juego. Issy, con su tiara, habla sobre cuando tenga edad para jugar al fútbol. Papi bromea con Issy, y los dos ríen. Todos están de buen humor. Carlos siente dolor de estómago.

● ● ●

Tiene la mala suerte de que el jugador número doce, un niño llamado Ellis Warrington, está enfermo con gripe. Carlos oye al coach Willis decir a la madre de Barton Holmby que nadie se quedará en el banco hoy y que cuenta con que Barton participe.

Carlos sabe que el coach Willis solo dice eso para que la madre de Barton no comience a molestarlo pidiéndole que ponga a Barton en el partido. Puede que Carlos sea malo, pero no es tan malo como Barton. Nadie es tan malo como Barton. Eso piensa Carlos.

● ● ●

El juego comienza bien. La referí coloca la pelota en el centro del campo y hace sonar su silbato. Todos, excepto Carlos, ya están corriendo. Bueno, él corre, pero corre de un lado a otro de la cancha con su estilo habitual: se mantiene lejos de la pelota, a menos que esta venga hacia él y caiga prácticamente a sus pies. Sabe que es una decepción para papi que no juegue de manera más agresiva, pero le han pateado el tobillo demasiadas veces. Los jugadores no usan canilleras porque el coach Willis dice que el equipo todavía no está a ese nivel. Carlos no sabe a qué se refiere cuando dice "a ese nivel".

De pronto, Bernardo se abre camino con la pelota, pateándola en dirección al arco, mucho más lejos que los otros jugadores. Carlos escucha que papi lo alienta. Sintiéndose a salvo, Carlos sigue a sus compañeros. Bernardo patea un buen tiro bajo hacia el arco, y a

pesar de que el arquero intenta atrapar la pelota, no lo consigue. Los padres festejan y papi alza el puño. El marcador está uno a cero gracias a Bernardo.

El otro equipo recibe la pelota, y Carlos vuelve

a correr de un lado a otro de la cancha. Entonces, la pelota cae justo frente a él. De la nada, alguien del otro equipo —¡una niña!— se la roba y avanza hasta el arco. Pero no por mucho tiempo. Brian Weaver, de su equipo, recupera la pelota, pero patea demasiado pronto y se va fuera de la línea detrás del arco. A la niña, Charlotte algo (Carlos no recuerda su apellido), le toca un saque de esquina, y la pasa justo al mejor jugador de su equipo, que patea con habilidad al arco. Se oyen festejos de los padres del otro lado del campo. El marcador está uno a uno.

● ● ●

El partido sigue uno a uno hasta los últimos siete minutos del segundo tiempo de juego. Carlos continúa dejando que sus compañeros hagan la mayor parte del trabajo. En un momento, le toca patear un tiro de esquina, levanta la mano para mostrar a sus compañeros que está a punto de patear. Es su manera de parecer importante, un jugador de verdad.

Echa un vistazo a mami. Está tomando café del termo. Papi está comiendo papitas de un paquete y su hermana está bebiendo jugo.

A Carlos le gusta cuando termina el juego. Entonces, hacen picnics en una manta, con sándwiches y bebidas frescas. Papi usa ese tiempo para darle consejos a Carlos sobre cómo planificar mejor sus tiros libres o los saques de banda o cómo ir a buscar la pelota y hacerle un pase a un jugador que está en una buena posición. Papi no debe de saber lo difícil que es hacer eso con todo el mundo moviéndose alrededor. Después se queja por las cosas que el referí no marcó. Luego, habla sobre ser él mismo el referí.

—Yo sé que lo haría mejor —dice siempre.

Carlos está pensando en el almuerzo del picnic y en que el juego está por terminar cuando se encuentra cerca del arco. Por algún motivo, la pelota se dirige justo hacia él, un tiro directo, a solo una o dos pulgadas sobre del suelo. Es el único de su equipo que puede detenerlo.

Se encuentra indefenso e impactado por la velocidad y dirección. Solo debe extender el pie o patear o hacer algo. Decide patear.

Mala elección.

Si solo hubiera extendido el pie, habría desviado la pelota y la habría enviado en otra dirección. Pero no. No quería que Bernardo fuera el único que se llevara la gloria. Decide pegarle a la pelota para despejar el arco. Pero su pie se patina sobre la pelota y no la detiene. Entra al arco antes de que el arquero pueda atraparla.

Se oye un gran festejo de los padres y familiares de los visitantes. Él escucha un sonido que parece provenir del fondo del agua, lento y oscilante. Carlos mira a papi. Papi se agarra la cabeza con las manos. Luego papi se pasa los dedos por el cabello. Carlos vuelve a sentir dolor de estómago. Mami tiene una mirada de tristeza mezclada con pena; Issy no tiene expresión alguna. No sabe qué está ocurriendo, de todas maneras. *Ni siquiera importa la opinión de ella,* piensa Carlos mientras la referí sopla el silbato que indica el final del partido.

El otro equipo corre a celebrar con el jugador que convirtió el gol. Varios le dan un abrazo grupal. Los compañeros de Carlos se retiran con desánimo de la cancha. Algunos lo miran con expresiones duras de decepción y acusación. ¿Alguna vez se ha sentido peor?

En lugar de ser un festejo, también desea que el picnic termine. Bernardo tiene el ceño fruncido todo el tiempo y parece decidido a seguir así. Sin embargo, la derrota no le quita el apetito. Come dos de los sánd-

wiches de ensalada de pollo de mami, un paquete de papitas y ocho (Carlos las ha contado) galletas medianas de chips de chocolate y bebe dos botellas de ponche de fruta.

El viaje de regreso a casa se hace en silencio. Carlos sabe que papi quiere hablar del partido, pero es probable que mami le haya dicho que no lo haga. En especial, no mientras esté enojado. Podría decir algo de lo que luego debería retractarse. Mami no cree en eso de que "a palabras necias oídos sordos". Le parece absurdo. Las heridas físicas sanan, pero cuando las palabras hieren al corazón, jamás se sana del todo.

Así que papi no dice nada, pero el silencio es peor. Bernardo, probablemente siguiendo el ejemplo de papi, tampoco dice ni una palabra, pero todo el tiempo suspira fuerte, expresando sus sentimientos. Issy le ofrece el jugo a Carlos y con ojos tristes le dice:

—Puedes tomar mi jugo, Carlos. Te guardé un poco.

Ella debe darse cuenta de que él se siente mal. Desearía darle un abrazo por ser la única persona a la que no ha decepcionado.

Once
¿Qué es ese ruido?

Carlos ya ha estado antes en una situación miserable, así que reconoce las señales. Los siguientes días, es como si no hubiera existido ningún partido. Es un tema tabú que todos deciden no mencionar. Mami vuelve a chismear con la tía Lupe. Issy está otorgándoles cargos a sus peluches como súbditos de su corte. Él puede oírla en su cuarto, dándoles órdenes y haciendo que la sirvan. Es ridículo, porque en verdad es ella quien termina sirviéndose a sí misma.

Pero a pesar de que no se habla del partido, Carlos no puede quitarse la culpa por haber decepcionado a papi. Sabe que a mami no le importa mucho, tampoco a Issy. ¿Y a quién le importa lo que piense Bernardo? Pero papi... Esa es otra historia.

Carlos decide quitarse el partido de la cabeza, pero el lunes de mañana, justo cuando Carlos se está preparando para alimentar a los gecos, Bernardo decide darle unos "consejos".

—Lo siento, Carlos, pero no eres tan buen jugador. La próxima vez, tan solo detén la pelota, ¿sí?

Por suerte, mami los llama desde abajo en ese momento para decirle a Carlos que olvidó sacar la basura a la acera y que le parece escuchar el camión de basura en la otra manzana. Pronto comenzará con el típico sermón de mami sobre las responsabilidades y lo importante que es ser responsables desde jóvenes y que todos en la familia deberían estar dispuestos a colaborar, y... Puede seguir y seguir.

Baja con rapidez las escaleras y sale por la puerta de la cocina, toma el cesto de reciclaje y lo arrastra a la acera justo cuando el camión azul de reciclables está frenando frente a la puerta de la casa de al lado.

Suspira con alivio. El camión verde y el camión de basura pasan durante la mañana, pero más tarde.

Lleva los cestos que quedan a la acera, se frota las manos y vuelve a la casa. Pero lo asalta un sentimiento extraño al llegar al pie de la escalera.

—¿Llegaste a tiempo? —pregunta mami.

—Sí, mami —dice Carlos mientras sube la escalera hacia su cuarto.

Bernardo está junto al terrario con el recipiente de grillos en la mano.

—Ya les di de comer —dice, señalando a los gecos. Por algún motivo, solo mira un instante a Carlos a los ojos.

—¿Pasó algo? —pregunta Carlos.

—Nada.

Bernardo se para sobre un pie y luego sobre el otro.

Carlos mira dentro del terrario. Todo parece normal. Darla está en su cueva. Peaches está a su lado y Gizmo está sobre la cueva, durmiendo. Todo parece estar bien. Carlos suspira aliviado. Casi aliviado. Siente que algo no está *del todo bien.*

○ ○ ○

El día en la escuela no tiene nada de especial. Los lunes reciben los resultados de las pruebas de ortografía de la semana anterior y las nuevas palabras para la próxima prueba. La señora Shelby-Ortiz le pide a Deja que las reparta. A Carlos no le gusta cuando Deja entrega las pruebas. Hace caras. Si alguien saca una mala nota, ella alza las cejas y se ríe para sí. Si alguien saca un cien, frunce los labios y alza una ceja. Y no todas las veces recuerda poner las pruebas boca abajo en los escritorios, como la señora Shelby-Ortiz les indica. La señora Shelby-Ortiz siempre habla sobre el respeto hacia los compañeros y sobre ponerse en el lugar de los demás y respetar su privacidad al devolverles pruebas e informes.

Deja se dirige hacia Carlos. Carlos retiene la respiración. Necesita un cien. Necesita que papi esté orgulloso de él, después de lo del partido de fútbol del sábado. Necesita que papi vea que va a tener éxito en la vida a pesar de *no ser* el mejor jugador de fútbol del mundo.

Deja se detiene frente a él, suspira y frunce los labios. Alza una ceja y coloca la hoja boca abajo en su banco. Él espera hasta que ella continúa a la siguiente mesa antes de levantar una de las esquinas de la hoja. Ve un uno. La alza un poco más. Ve los dos ceros y una carita feliz. Casi se le caen lágrimas. ¡Lo logró! Un cien más y tendrá su hábitat de mariposas. Bueno, *algo* ha salido bien.

Ni siquiera necesita mirar a Bernardo para saber qué ha sacado en la prueba. Solo el hecho de que la haya guardado rápido en el escritorio, casi sin mirarla, le dice a Carlos que no le ha ido bien. Carlos tiene que enseñarle a Bernardo a salir del Club de los Cabeza de Chorlito.

●●●

Esa tarde, Bernardo y papi salen al patio a hacer ejercicios. Bernardo hizo rápido su tarea solo para poder salir a practicar. Papi está tratando de mostrarle un movimiento de tijera que se usa para engañar al jugador del otro equipo. ¿Qué? ¿Bernardo ahora es el nuevo hijo de papi? ¿Solo porque es mejor en los deportes? Desde su cuarto, Carlos puede oír a papi entusiasmado porque ha tenido que mostrarle a Bernardo una sola vez cómo se hace la tijera y ya la está haciendo a la perfección.

Durante la cena, continúa halagando la técnica

de Bernardo mientras Bernardo sonríe con timidez, y mami le hace señas a papi con un movimiento de cabeza. Carlos no entiende qué es todo eso. A mami no le parece bien que papi halague tanto a Bernardo después del desempeño de Carlos en el partido del sábado.

Entonces, Issy dice:

—Yo creo que Carlos también es bueno.

Carlos ve que papi sonríe con tristeza y baja la mirada hacia su sopa de maíz.

—Papi, hoy saqué un cien en la prueba de ortografía. Luego de la cena te la enseñaré —dice.

Papi alza la mirada y se anima. O simula hacerlo.

—Bien, Carlos. Buen trabajo.

—Dijiste que podría tener un hábitat de mariposas si sacaba cien en cinco pruebas seguidas.

—Sí, así es. Y lo tendrás, te lo prometo.

Papi no parece ni la mitad de alegre que se lo veía cuando Bernardo había hecho esas tijeras perfectas.

● ● ●

No es un ronquido lo que despierta a Carlos en medio de la noche esta vez. Es un… *¡chirrido!* En algún lado, un grillo está cantando. Carlos se incorpora con rapidez. Por supuesto, Bernardo duerme profundamente arriba de él, roncando despacio. Ninguna novedad.

Carlos retira el cubrecama, se levanta y se dirige al centro del cuarto. Escucha. Pronto lo vuelve a oír. ¿De dónde viene?

Bernardo se mueve en la cama. Carlos sale al pasillo. Hay una luz prendida en la habitación de sus padres. *Ay, no.* Mami sale al pasillo ajustándose la bata.

—¿Qué rayos...? —Observa a Carlos—. ¿Es uno de tus grillos?

—No fui yo, mami.

—Bueno, ¿y cómo escapó? —Ella mira hacia su cuarto y sacude lentamente la cabeza—. A tu papito lo despierta ningún ruido.

Luego, Issy sale de su cuarto, frotándose los ojos.

—¿Qué es ese ruido, mami?

—Es uno de los grillos de Carlos. Regresa a tu cama.

Issy abre los ojos.

—¿Vendrá por mí?

—No —dice mami—. No te preocupes. Vamos a encontrarlo. Regresa a la cama.

Issy no parece convencida, pero regresa a su cuarto y cierra la puerta detrás de ella.

Ahora mami y Carlos están a mitad del pasillo que da a las escaleras escuchando y escuchando. Carlos respira muy despacio. Lo vuelve a oír. ¿Viene del baño? Se acerca con mami detrás de él. Suena más fuerte. Examinan el piso. Nada. ¿Dónde está? Suena muy cerca.

—Ve a fijarte otra vez en tu cuarto, Carlos.

Mami comienza a bajar las escaleras.

Carlos entra a su cuarto y enciende la luz. Golpea la puerta contra la pared. Bernardo se levanta de un salto.

—¿Qué pasa? ¿Qué pasa? —dice, desorientado. Se frota los ojos.

—Bien —dice Carlos—. Estás despierto.

—¿Qué ocurre?

—¡Dejaste escapar uno de los grillos! Y ahora está

cantando en algún lugar y no sabemos dónde.

—Yo no fui —dice Bernardo con los ojos muy abiertos intentando parecer lo más inocente posible.

—Sabías que uno se había escapado. ¡Sé que lo sabías! —dice Carlos, susurrando, con los dientes apretados.

Bernardo frunce el ceño, pero no dice nada.

—Lo único que sabes hacer es jugar bien al fútbol, pero roncas, no sigues las reglas para alimentar a los gecos y te has comido el último pastelillo y pusiste la caja vacía en el estante. *¡Vacía!* Además, dejas tirado el pijama en el piso del baño. Escupes la pasta dentífrica en el lavabo y ni siquiera lo limpias.

Bernardo tan solo mira a Carlos, pero Carlos no ha terminado.

—Y ni siquiera te esfuerzas en la escuela. —Carlos se detiene a pensar—. Me cuesta no dormirme cuando leemos en pareja, porque debo ayudarte con casi todas las palabras.

Bernardo abre la boca. No parece enojado. Parece triste. Cierra la boca y se queda ahí, mirando a Carlos.

—Y me diste un puñetazo la primera vez que nos vimos, ¡sin motivo! ¡No veo las horas de que tu madre vuelva y te vayas a otra parte!

Bernardo deja caer la cabeza. Luego de un momento, dice:

—Se suponía que era como lo hacen los atletas. Ya sabes… Siempre se pegan unos a otros, pero no se lastiman. Es algo que se hace de manera amistosa.

Carlos frunce el ceño. ¿Cómo puede Bernardo creer que pegarle a alguien en el brazo puede ser un gesto amistoso? En especial, cuando se trata de alguien a quien no has visto en años. Pero Carlos le cree. Sería típico de Bernardo pensar que golpear a alguien en el brazo pueda ser algo amistoso.

—Además, ¡robaste las últimas tres piezas del rompecabezas de mil piezas de la clase! Y sabías que estábamos ansiosos por colgarlo en nuestra pared para que otros niños lo vieran y desearan *ellos* haber hecho el rompecabezas de mil piezas.

—No las robé —insiste Bernardo.

—Bernardo… Encontré las piezas en tu ochila.

Bernardo no dice nada.

—¿Por qué, Bernardo? *¿Por qué?*

Él mira hacia el suelo y se encoge de hombros.

—No lo sé.

Carlos suspira. Ahora entiende cómo se siente su madre cuando le pregunta por qué hizo algo tonto y lo único que él puede responder es "No sé".

—¿Por qué no me denunciaste? —pregunta por fin Bernardo—. ¿Por qué fingiste que se habían perdido para que alguien las encontrara en el suelo?

—Buena pregunta —dice Carlos.

Mami entra en puntillas de pie en la habitación. Alza la mano que está suavemente cerrada sobre un pañuelo de papel.

—Lo encontré —dice—. En la tina.

Camina en puntillas de pie hasta el terrario, abre la tapa y deja caer el grillo. Carlos no sabe por qué se preocupa tanto por no hacer ruido. El único que está durmiendo es papi, y él no se despierta con facilidad. Ella suspira.

—Problema resuelto.

Bernardo vuelve a acostarse. Carlos se desliza en la litera de abajo. Y mami apaga las luces.

Doce

Fiesta de bienvenida y fiesta de despedida

Bernardo está silencioso a la mañana siguiente. Se ha levantado antes que Carlos, quien oye agua corriendo en el baño. Carlos se siente un poco incómodo. Tal vez no tendría que haber sido tan duro con Bernardo, haciéndolo sentirse mal por cómo lee y señalándole lo desordenado que es. Y pensar que todo este tiempo, había creído que aquel golpe había sido con maldad, no como un gesto amistoso... Lo piensa un momento, antes de notar que alguien está golpeando su puerta. Es Issy. Reconoce su manera de golpear.

—¿Qué quieres, Issy?

—Algo.

Típica respuesta de alguien de cinco años.

—Entra.

La puerta permanece cerrada un momento, antes de que ella la abra lentamente.

—¿Qué ocurre, Issy? ¿No ves que debo prepararme para la escuela?

Ella se queda parada en silencio. Hace una mueca de angustia y le comienzan a temblar las comisuras de los labios.

—¿Qué *ocurre?* —pregunta Carlos. Es difícil ser paciente.

—Hice algo malo.

Carlos suspira.

—¿Qué hiciste?

—Pensé que podía alimentar a los gecos. Quería darte una sorpresa.

—¿Qué? —Carlos siente vértigo.

—Olvidé tener cuidado cuando dejé caer los grillos de la cajita esa —Issy comienza a sollozar—. Y uno se escapó.

—Issy, deberías haberme dicho.

—Pensé que te ibas a enojar.

Carlos siente algo de enojo, pero se controla.

—De todas maneras, mami lo encontró. En la tina —dice.

—¿Lo encontró?

—Sí. Pero si lo vuelves a hacer, Issy, te denuncio. Y te vas a meter en problemas. Sabes que no debes tocar mis cosas, en especial mis gecos. Ni mi granja de hormigas —se apresura a agregar—. Más vale que no vuelvas a hacerlo.

—No lo haré. Lo prometo.

○ ○ ○

Ahora Carlos se siente el doble de mal por haberse descargado con Bernardo. Se siente mal durante el desayuno y camino a la escuela. Mientras trabajan con el diario de la mañana, siente ganas de escribir sobre eso, pero luego decide escribir sobre el grillo, sin incluir la parte en que acusó a Bernardo y el hecho de que Bernardo fuera inocente.

En el recreo, hace como si nada hubiera ocurrido. Bernardo también, porque ni siquiera lo menciona. A la Sala Diez todavía le toca la cancha de básquetbol, y Ralph, que debe quedarse por no haber hecho su tarea, deja que Bernardo tome su lugar como capitán del equipo. Bernardo elige primero a Carlos. Eso hace que Carlos se sienta todavía peor. Carlos ya se había sentido mal durante la lectura en pares cada vez que tenía que ayudar a Bernardo con las palabras.

Ojalá hubiera sabido que ese golpe que le dio era amistoso.

Es muy triste ver a Bernardo mirando por la ventana del auto camino a casa. *Probablemente extrañe mucho su hogar,* piensa Carlos. *Probablemente desearía estar en su casa en Texas con la tía Emilia. Probablemente desearía tener todavía a su padre en lugar de solo tíos. Probablemente hasta desearía que papi fuera su padre.*

Carlos debe disculparse con Bernardo. No logra entender por qué Bernardo dijo una sola vez que no había sido él quien había dejado escapar al grillo. Nadie te cree si dices las cosas una sola vez.

Carlos observa a su primo, que sigue mirando por la ventana. Justo cuando Carlos está por llamar la atención de Bernardo para decirle que estuvo mal en acusarlo, mami dice:

—Oigan. ¡Tengo una gran sorpresa!

—¿Qué es, mami? —pregunta Issy. Lleva puestos un colgante y una pulsera de macarrones que hizo en el kínder esa mañana. Están pintados de azul.

—Les diré cuando lleguemos a casa.

En ese momento, Carlos nota que Issy no lleva su tiara.

—¿Dónde está tu tiara, Issy? —le pregunta. Sabe que ella no puede usarla en el aula, pero suele dejarla en el auto y ponérsela en cuanto sale de la escuela.

—La dejé en casa porque ya no soy una reina.

—¿Por qué? —pregunta Carlos.

—Porque no quiero.

Así que terminó la fase de reina. Carlos está sorprendido. Olvida por completo lo de disculparse con Bernardo.

● ● ●

Mami los sienta en la mesa de la cocina, y su cara se ilumina cuando les lleva galletas y leche. Toma asiento frente a ellos.

—Adivinen quién viene. Aquí, el sábado.

Bernardo está en silencio. Carlos intenta pensar quién podría ser. Entonces se da cuenta. Se siente casi desilusionado.

—La tía Emilia —dice.

Mami parece sorprendida y algo decepcionada.

—¿Cómo sabías? —pregunta ella.

—Adiviné.

—El yerno de su vecina, la señora Ruiz, es dentista y vive aquí. Necesita un nuevo gerente para el consultorio, y la señora Ruiz lo convenció de contratar a tu madre, Bernardo. Incluso le consiguieron un lugar para vivir por un tiempo. Es pequeño, pero tu madre encontrará algo más grande cuando llegue. —Los ojos de mami brillan—. ¿No es fantástico cómo todo comienza a ordenarse?

Mira a Bernardo, y su sonrisa se apaga un poco.

—¿No estás contento, Bernardo? —pregunta ella.

—Sí. Estoy contento —dice, pero Carlos piensa que debería parecer más contento.

● ● ●

Habrá una fiesta. Una fiesta de bienvenida para la tía Emilia y una fiesta de despedida para Bernardo. Vendrán todos. Todos los parientes. Y lo mejor es que traen comida. Carlos piensa en los dulces: empanadas rellenas con fruta, tamales de dulce. También habrá exquisitas enchiladas de pollo y sopa de tortilla, arroz con leche, y la lista sigue y sigue. Carlos recuerda lo ricos que son los platos mexicanos en las fiestas. Puede entender por qué mami dice que siente nostalgia por la comida de su infancia. O cuando ella y papi discuten sobre quién prepara el mejor mole, si la tía de él, Hortensia, o la tía de ella, Nelly. En cualquier caso, no es el de mami. Ella se queja de su propio mole cada vez que lo prepara: *"Creo que está muy aguado. ¿Está soso? ¿Tiene suficiente picante? Ay, no... Estoy empezando a cocinar como una norteamericana"*.

Carlos se pregunta qué tiene de especial el mole. Es solo una salsa marrón. Son todos iguales para él. Prefiere espaguetis con albóndigas.

● ● ●

Al final de la tarde, comienza el desfile de comida. La señora Ruiz trae arroz con pollo, y su hija llega con una enorme y bella bandeja con flan. La tía Lupe llega con un plato enorme de empanadas y un galón de horchata rosa. Sus tres hijas vienen con... nada.

Todas tienen la edad de Issy o son más pequeñas, por lo que Carlos las lleva al patio, en donde Issy ha

dispuesto a sus peluches en fila frente a una pizarra escolar. Ahora quiere ser maestra, así que les está enseñando a sus peluches las letras y los sonidos.

Bernardo, los tíos y dos primos que están en la universidad, pero que vinieron a pasar el fin de semana, están en el salón mirando un partido de fútbol en la tele. Juegan Brasil y Alemania. En un momento, papi le dice a Carlos que vaya a la cocina a traer más totopos y salsa.

—La salsa verde —dice papi—. No la roja.

Antes de que Carlos abra la puerta de la cocina, oye que la tía Lupe dice: "Pobre Bernardo, perder a su padre siendo tan pequeño, demasiado pequeño para recordarlo. Me alegra mucho que ahora tenga a su tío para que le preste atención".

Su tío... Carlos sabe que la tía se refiere a papi. Ahora se siente todavía peor por todas las cosas que le dijo a Bernardo. Toma los totopos y la salsa verde y regresa al salón, en donde hay un gran alboroto y barullo. Bernardo también se une. Parece alegrarlo ser parte del grupo. Se ve cómodo. En el entretiempo, el tío Raúl les dice a todos que salgan —papi, los primos de la universidad, los tíos y Bernardo— para improvisar un partido de fútbol, solo para divertirse, sin reglas.

Carlos decide unirse. Entonces son él, Bernardo y los primos contra papi y los tíos. La pelota va de un lado al otro, de un lado al otro sin que se cuenten los goles, y Carlos corre de aquí para allá. Cuando termina el entretiempo, los hombres regresan a la casa. Bernardo y Carlos se quedan afuera.

Carlos dice:

—Debo decirte algo, Bernardo.

Bernardo se echa en los escalones del porche trasero, y Carlos se sienta a su lado.

—¿Qué? —pregunta Bernardo.

Carlos baja la mirada.

—Debo disculparme.

Las palabras suenan raras en sus labios. Tal vez nunca las haya dicho antes. No recuerda haberlas dicho antes. Excepto en esas ocasiones cuando le ha hecho algo malo a Issy, y mami le dice: "Discúlpate con tu hermana". En esas ocasiones, solo dice las palabras. Pero nunca las había sentido en el momento, aunque después de un rato se siente mal. Pero esta vez sí que lo siente en el momento en que las dice.

Bernardo lo mira, expectante.

—Fue Issy la que dejó escapar al grillo. Ella me lo dijo. No debí haber pensado que habías sido tú. Y no debí haberme enojado contigo ni haberte dicho todas esas cosas feas.

Ahora Bernardo baja la mirada, como si sintiera

vergüenza, pero cuando alza la cabeza, está sonriendo.

—La verdad es que eres horrible jugando al fútbol. Eres muy malo.

—Lo sé —dice Carlos.

—De veras, tienes que esforzarte más. No puedes tan solo correr de un lado a otro en la cancha. Tienes que salir y hacer algo.

—Lo sé —dice otra vez Carlos, y nota que se está sintiendo mejor, con la crítica de Bernardo.

Bernardo se pone de pie y corre tras la pelota.

—Levántate —le dice a Carlos.

Carlos obedece.

Bernardo le pasa la pelota.

—Usa la parte interior de tu pie y devuélvemela, pero hazlo al ras.

El pie de Carlos se desliza por encima de la pelota, y patea muy alto.

—Va a llevar trabajo —dice Bernardo, pero se la devuelve. Esta vez, Carlos logra devolvérsela a Bernardo. Continúan así un rato, hasta que Bernardo dice:
—Ahora, usa la parte exterior del pie.

Se siente extraño... al principio, pero con los pases suaves de Bernardo, pronto logra dominarlo. Parte de ser "horrible" en el fútbol se debe a que en realidad no se esfuerza. Ahora se da cuenta. Tal vez, también debía haberse esforzado más por ser amigo de Bernardo. Ni siquiera fueron al Parque Miller ni a una tienda a comprar golosinas, pero la oportunidad no está del todo perdida, porque Bernardo vivirá cerca y seguirá estando en la Sala Diez. Carlos seguirá teniendo a su primo.

● ● ●

Suena el timbre, justo cuando alguien ha hecho un gol en el partido de la tele, y todos gritaron y alzaron los puños.

Bernardo entra con Carlos detrás, como si supiera que era su madre. Llega a la puerta justo cuando mami abre y todos están reunidos a su alrededor. Ahí está la tía Emilia de pie en el porche delantero con dos grandes maletas. Los parientes, uno por uno, comienzan a darle abrazos y a darle la bienvenida, mientras ella sonríe y mira alrededor. Ve a Bernardo, y él la ve a ella. Los parientes se hacen a un lado para que madre e hijo puedan darse un gran abrazo.

Los ojos de la tía Emilia se llenan de lágrimas.

—A pesar de que haya sido poco tiempo, te extrañé mucho, mi hijo —dice.

Bernardo de pronto parece tímido.

—Me alegra que estés aquí, mami —dice, por fin.

Todos vuelven a lo que estaban haciendo. Bernardo toma las maletas de su madre y las coloca en el clóset, fuera del camino. Luego, la tía Emilia sigue a mami a la cocina para poder charlar con sus hermanas, y continúa la fiesta. Las risas parecen venir de todos lados.

●●●

Más tarde, cuando todos se han ido a sus casas, y la tía Emilia ha empacado las cosas de Bernardo y se lo ha llevado con ella, luego de todos los abrazos y agradecimientos y promesas de que "ahora que vivimos cerca nos veremos muy seguido", luego de todo eso, Carlos puede, finalmente, subir a su litera y observar su cuarto. Todo vuelve a ser suyo, al fin. ¿Qué más podría pedir?

¡No te pierdas el próximo libro de las Crónicas de la Primaria Carver!

Calvin está triste porque sus amigos de la casa de al lado se mudan a otro lugar, en especial cuando se da cuenta de que Harper, el peor bravucón de la Primaria Carver, ¡vivirá allí! Mientras tanto, el concurso para la feria escolar se está poniendo más animado. ¿Podrá Calvin evitar los problemas con Harper y también ganar la feria escolar de ciencias?

Uno

Adiós a los Henderson

Calvin camina de un lado al otro en su cuarto. Tiene un problema. Se le debe ocurrir una idea para la feria de ciencias. Tiene tiempo hasta el miércoles para presentar el tema y la hipótesis, pero no se le ocurre nada. Cometió el error de postergarlo, si bien la señora Shelby-Ortiz les había dado una semana extra a los rezagados. Resulta ser que Calvin y *todos* sus amigos —Carlos, Richard y Gavin (sí, incluso Gavin)— están en el grupo de los rezagados.

Mientras va y viene por el cuarto, se le cruzan ideas tontas por la cabeza: cómo hacer una nube de lluvia en una botella (Rosario lo había hecho en segundo grado), cómo evitar que reviente un globo (Gavin lo hizo el año pasado y parecía un proyecto para bebés), cómo evitar que un huevo se rompa... Ese había sido el proyecto de Richard y, por desgracia, él de alguna manera consiguió romperlos durante su demostración. Así que ese proyecto queda descartado. ¿Podría Calvin hacer el viejo proyecto de Richard que no había funcionado?

Quizá si juega un videojuego —tan solo uno para relajarse y liberar la mente— se le ocurrirá una idea como por arte de magia. Toma el controlador que está debajo de la cama, enciende la tele, lo conecta y comienza un juego rápido de *Wuju Legend*.

Mientras está jugando, está a la escucha de los pasos de su padre en la escalera. Si pilla a Calvin, pensará que la mamá de Calvin tenía razón en no querer que Calvin tuviera una tele en su cuarto.

Casi fue un milagro que aceptara. Su mamá le había dicho: "No. De ninguna manera", pero su padre había dicho que podrían probar. Si veían que Calvin no podía tenerla, retirarían la tele del cuarto. Desde entonces, Calvin se ha preocupado

porque lo consideren el tipo de niño que puede tener una televisión en su cuarto. Trata de tenerla casi siempre apagada, excepto cuando necesita jugar un videojuego para relajarse.

● ● ●

Sí, se siente mejor y preparado, listo para comenzar. Da unas palmadas y piensa. Nada. Aplaude de nuevo, pero esta vez se concentra de verdad. Siguen sin aparecerle ideas. *Ya sé,* piensa. *Necesito cambiar de ambiente. Voy a ir al porche del frente a respirar aire fresco. Tal vez eso ayudará a mi mente.*

Calvin baja las escaleras de a dos escalones y se maravilla de su propia destreza atlética. Ya está en la puerta del frente, sentado en el escalón más alto del porche, y nota un llamativo ajetreo en la casa de al lado. Los empleados de una empresa de mudanzas están llevando cosas a un camión enorme. ¿Cómo? ¿Los Henderson se mudan?

Los empleados llevan muebles y lámparas, y cajas cuidadosamente selladas y etiquetadas como **PLATOS, LIBROS Y ROPA BLANCA**. ¿Cómo puede ser que los Henderson se muden? Han vivido ahí desde siempre.

Son una pareja mayor, incluso mayores que sus

padres. Tienen tres nietos, todos de edad similar a la de Calvin. Todos los años, desde que Calvin tiene memoria, los nietos han venido a visitarlos desde la Florida. Se quedan todo el verano. Para él, era como de repente tener hermanos y ya no ser más hijo único. ¿Cómo puede ser que los Henderson se muden? ¿Cómo pueden hacerle esto a él?

Su padre probablemente ya lo sabía. ¿Por qué no le había contado nada? Calvin se levanta y se dirige a la cocina, donde su padre está sentado a la mesa leyendo el periódico.

—¡Papá!

Su padre se está llevando una taza de café a los labios cuando Calvin irrumpe en la cocina.

—¿Hmmm?

—¿Los Henderson se mudan?

—Ah, sí. —Ni siquiera levanta la mirada del periódico—. Te lo iba a contar. Se mudan a la Florida para estar más cerca de sus nietos.

—¡No es justo! —se queja Calvin.

—¿Cómo?

—¡No es justo! Ahora nunca más veré a Robbie, Todd y Evan.

—Ah —dice su padre—. No lo había pensado.

Calvin lo mira como si el padre fuera un ser de otro planeta. ¿Cómo puede *no* haber pensado eso? ¿Cómo se lo había ocultado? ¡Es algo muy importante! ¿A su padre no le importan *sus sentimientos?* El papá baja la taza de café y parece intentar decir algo para que Calvin se sienta mejor.

—Bueno, puedes escribirles una carta.

—No, no puedo.

—¿Por qué no?

—Porque nadie escribe cartas, papá. Pensarían que estoy loco si les escribiera una carta.

—¿Entonces cómo hacen los amigos por correspondencia?

—¿Qué es un amigo por correspondencia?

—Bueno, puedes llamarlos por teléfono.

—No es lo mismo que tenerlos aquí, en la casa de al lado.

—Bueno, entonces no sé qué decir.

Se miran unos segundos. Entonces, Calvin se deja caer sobre una silla y se queda observando la caja de cereales que está en medio de la mesa de la cocina. Nuevamente se siente abandonado. Su mamá se ha ido por un mes para ayudar a la abuela Kate. La abuela se había caído y se había quebrado la cadera, y su madre tuvo que ir hasta Nuevo México a cuidarla. Estará fuera de casa todo un mes más.

Si su madre estuviera aquí, en este momento estarían comiendo panqueques. Él estaría poniendo jarabe de arándanos sobre una pila de panqueques en lugar de estar mirando la parte de atrás de una caja de cereales de salvado.

—Bueno —dice su padre—, quizá la nueva familia tenga hijos. *Quizá* tengan tres varones. —Se encoge de hombros—. Es posible.

Calvin no contesta. Luego de un tiempo, su padre dice:

—Quizás tengan cinco hijos.

Calvin se sirve cereales en silencio. Por supuesto que no tendrán cinco hijos. ¿Acaso su padre piensa que él es un bebé que se creerá cualquier cosa?

● ● ●

El domingo, mientras Calvin está otra vez pensando y pensando en la feria de ciencias —y jugando tan solo un videojuego más— escucha el sonido de un camión petardeando en la casa de al lado. No le presta atención.

Esa mañana, había estado ocupado mirando el calendario que está sobre la puerta, elaborando un plan. Un plan un tanto flojo, pero plan al fin. Hasta que se le ocurra una idea para el proyecto, cada día hará una lluvia de ideas durante treinta minutos. Hará eso una y otra vez hasta lograr algún resultado. En ese momento, lo distraen nuevos ruidos de la casa de al lado.

Parece que ya se está instalando alguien. Tal vez hasta sea una familia con un hijo. Un varón de su edad, al que le guste jugar básquetbol como a Calvin y que tenga el último videojuego de *Wuju Legend*. Ese que Calvin pidió, y a lo que su padre contestó: "No voy a gastar ese dinero en otro videojuego. Deberás ahorrar para comprarlo". Quizás este niño, que vivirá justo en la casa de al lado, podría prestarle a Calvin su videojuego siempre que Calvin se lo pidiera.

Es una hermosa fantasía hasta que la interrumpe la voz de una mujer, una voz mandona que está sermoneando a alguien. Calvin corre hasta la ventana y mira hacia abajo. La pendiente del techo de los Henderson le impide ver a la mujer, pero puede escuchar como ella le advierte a alguien: "no raye mi mesa buena".

Calvin necesita ver quién es esta persona y qué está

ocurriendo. Baja furtivamente a la sala de estar y mira por la ventana que está sobre la estantería. Es una mujer que lleva tubos de espuma de color rosa en el cabello y una especie de bata de casa que ni siquiera parece adecuada para estar afuera. Además, tiene un cigarrillo en la boca. Calvin abre los ojos. Los cigarrillos son malos para la salud. ¿Por qué ella está haciendo algo que todos saben que es dañino para la salud?

De repente, ella mira por sobre el hombro y dice:

—¡Harper! ¡Te necesito aquí afuera ahora!

Harper. Qué raro. Quien sea ese Harper, tiene el mismo nombre que ese chico grandote de la escuela. El peor bravucón, Harper Hall. Calvin y sus amigos recientemente han pensado un nombre para Harper, el bravucón: "Niño Monstruo" porque actúa como un monstruo y todos saben que deben darle bastante espacio cuando están cerca de él.

Nadie sabe qué es capaz de hacer. Es capaz de robarte las

papitas de la merienda en el momento en que las estás sacando, justo cuando se te hace agua la boca pensando en el primer bocado crujiente. Es capaz de eructarte en la oreja al pasar o de quitarte la pelota justo cuando estás a punto de encestar. De nada te servirá avisarle a la maestra de turno en el recreo. Ella lo reprenderá, y el Niño Monstruo se disculpará, pero tú sabes que él lo *recordará*. Recordará quién lo denunció.

Qué raro que haya otro Harper en el mundo, piensa Calvin. La señora lo llama otra vez.

—Muévete, Harper. Le pago a esta empresa por hora. ¡Sal y toma una caja!

—Ya voy —responde el otro Harper, y suena un poquito parecido al que Calvin conoce. Qué coincidencia. Y entonces Calvin ve al chico al que le están gritando. Calvin lo ve caminar pesadamente hasta un viejo camión y tomar una caja de la cama del camión, una caja que contiene un revoltijo de cosas que parecen inservibles: almohadones viejos, platos polvorientos y un almohadón de sofá suelto. El chico se ha dado vuelta y tiene los hombros un tanto caídos. Aunque Calvin solo puede verle la espalda, sabe que ese *es* Harper Hall. Harper Hall, el Niño Monstruo.

Calvin no lo puede creer. ¿Esto es real? Cierra los ojos y sacude la cabeza lentamente. Tal vez se ha equivocado. Pero cuando abre los ojos, allí está Harper Hall, caminando lentamente hasta la escalera del porche de la casa de al lado, súper cargado con una caja llena de trastos viejos. Debe de ser un sueño...o una pesadilla. ¿Que Harper Hall viva en la casa que está al lado de la suya? Calvin está feliz porque desde su sala de estar puede mirar sin correr ningún riesgo.

Harper hace un viaje tras otro arrastrando los pies, con los labios fruncidos como si se estuviera perdiendo su dibujo favorito o algo así. Y esa mujer mayor —probablemente su abuela— solo se queda parada en el porche y dirige todo con una mano sobre la cadera. Calvin casi... sí, casi siente pena por Harper.

Mira en dirección al sonido del programa de noticias que viene desde la sala de estar. Su papá siempre mira esos programas de noticias los domingos por la mañana. Calvin necesita contarle las terribles novedades, pero luego se pregunta si su padre recordará lo que alguna vez él le había contado sobre Harper. Su papá tiene esa forma de parecer como si estuviera prestando atención a las quejas de Calvin cuando en realidad no lo hace. De todos modos, decide intentarlo.

—Papá, ¿adivina qué? —dice desde la puerta.

—¿Qué? —dice su padre en tono distraído.

Pero en ese momento, justo cuando Calvin está a punto de hablar, algo le llama la atención, algo en la parte posterior de la sección deportiva del periódico del domingo. Hay una de esas ilusiones ópticas que se ven, de tanto en tanto, en las revistas o en los diarios, como esa en la que crees ver un florero, pero que luego resulta que son los perfiles de dos rostros de mujer. Se queda parado un momento haciendo que la ilusión pase de florero a perfiles y de perfiles a florero, una y otra vez. Se le ocurre una idea genial. De la nada, se le ocurre una idea y grita:

—¡Sí!

Su padre lo mira por encima del hombro, con el ceño fruncido.

—Papá, ¡tengo una idea para la feria de ciencias! ¡Prepararé algo sobre las ilusiones ópticas!

—¿Qué harás? —pregunta el padre y se vuelve hacia la televisión.

—Todavía no lo sé, pero...

—¿Tienes una teoría? —pregunta el padre.

De pronto, a Calvin se le ocurre algo.

—Sí —dice lentamente—. Mi hipótesis es que los varones descifran las ilusiones ópticas con más rapidez que las niñas.

—¿Eh?

Su padre parece hacer un esfuerzo por no reír.

—Sí. Los varones son más rápidos que las niñas en todo.

Su padre se ríe por lo bajo.

—¿Cuál es tu hipótesis? ¿Que los varones tienen reflejos más rápidos?

—Sí —dice Calvin—. Esa es exactamente mi hipótesis.

En ese momento, comprende que es una buena oportunidad para tratar de conseguir aquel videojuego.

—Papá.

—¿Hmmm? —Nuevamente está concentrado en la tele.

—Si gano el primer premio... ¿me puedes comprar el nuevo videojuego *Wuju Legend*?

Su padre suspira, y Calvin sabe que es una señal de que se da por vencido.

—Supongo que sí —dice.

—*¡Genial!* Calvin sabe que su padre jamás deja de cumplir una promesa.

Mi proyecto será el mejor, piensa Calvin. *Será estupendo.*

—Encontraré una cantidad de ilusiones ópticas increíbles, y demostraré quién las descubre con más rapidez, si los niños o las niñas. Aunque ya sé la respuesta.

—Eh... Ajá. —Su padre toma el control remoto y cambia de canal.

Calvin se frota las manos, confiado.

—Voy a necesitar cartón, papá. Necesito reunir la información durante el recreo esta semana. Quiero hacer un cartel o algo así para que los niños sepan lo que estoy haciendo.

Su papá asiente lentamente. De pronto, a través de la ventana abierta, se escucha otra vez la voz fuerte y chillona de esa mujer.

Calvin se acerca y echa una mirada. La ve en el

porche delantero con las manos en las caderas, apurando a Harper mientras él sube por el sendero llevando una caja muy cargada.

Calvin todavía no puede creerlo. El peor bravucón de la Primaria Carver se muda a la casa de al lado. Ahora Harper sube los escalones del frente transportando una caja grande con ollas y cacerolas, todavía con una mueca de enojo. Calvin conoce esa mueca. Es la mueca típica de Harper Hall. La mueca que indica que podría derribar a alguien de un puñetazo.